imaginist

想象另一种可能

理想国
imaginist

Last Night

昨 夜

［美］詹姆斯·索特 著

张惠雯 译

海南出版社
·海口·

目 录

1 彗星

14 明星的眼

33 我的主人

61 好玩儿

78 给予

92 铂金

118 棕榈阁

139 曼谷

153 阿灵顿

163 昨夜

彗星
Comet

六月的一天,菲利普和阿黛尔结婚了。那天多云,刮着风。后来出了太阳。距离阿黛尔上次结婚有段时间了。她穿着一身白:白低跟鞋,紧裹臀部的白色长裙,轻薄上衣下穿白色胸罩,脖子上一串淡水珍珠。婚礼在她的房子里举行——她从上次婚姻中得到的房子。她的朋友们都来了。她非常信赖友谊。房子里很拥挤。

"我,阿黛尔,"她清晰地说,"把自己完完全全地交予你,菲尔,做你的妻……"伴郎是她年轻的儿子,正站在她身后,不怎么起眼。她衬裤上别的"一样借"[1]是

---

[1] 源自英国维多利亚时代的婚礼习俗,新娘在婚礼上需穿戴"一样新""一样旧""一样借""一样蓝":"一样新"象征婚后的新生活;"一样旧"象征和婚前生活的联系;"一样借"象征朋友和家庭的支持,通常来自一位婚姻幸福的女士;"一样蓝"象征忠诚、纯洁和爱情。

个小小的银色碟状物，其实是她父亲在战争期间佩戴过的一枚圣克里斯多弗护身符。有几次，她不得不把裙子的束腰带翻卷下来，好向人们展示它。靠近门边的地方有一位老妇人，用拐杖的把手勾着一条小狗的项圈，像是在参加一场园游会。

婚宴上，阿黛尔开心地笑着，喝了太多酒，开始放声大笑，用花哨的长指甲挠着自己光裸的胳膊。她的新婚丈夫仰慕她，可能像小牛犊舔盐一样舔过她的手掌心。她还年轻，仍有美貌，虽然那也只是最后的光彩；但也没有年轻到还能生孩子的地步，如果她还有这种想法的话。夏天来了。她会出现在昏沉的午后，穿着黑色泳衣，四肢晒成褐色，身后是令人目眩的阳光。她从海水中走上平滑沙滩的鲜明胴体，她的腿，她那泳者的湿发，她的优雅，一切都漫不经心又悠然自得。

他们一起在生活中安顿下来，主要是她的生活。那是她的家具、她的书，尽管这些书没怎么有人读过。她喜欢讲她的第一任丈夫德莱瑞欧的故事，他叫佛兰克，一位垃圾运输帝国的继承人。她叫他"德来疯"[1]，但讲起

---

[1] 德莱瑞欧的原文为 DeLereo，阿黛尔称之为 Delerium，音通 delirium，意为"疯癫、精神错乱"。

那些故事时她也不无感情。在她的童年时代和八年"令人筋疲力尽"（用她自己的话说）的婚姻中，忠诚都是她的准则。她承认他们的婚姻条款很简单。她的工作就是打扮得漂漂亮亮，准备好晚餐，一天被干一次。有一次在佛罗里达，他们和另外一对夫妻合租了一条船，打算到比米尼群岛去钓北梭鱼。

"我们先好好吃上一顿晚餐，"德莱瑞欧愉快地说，"然后上船，起航。等一觉睡醒，应该已经穿过了墨西哥湾流。"

一开始似乎顺利，结果却莫如人愿。海上的状况十分恶劣。他们未能驶过墨西哥湾流。那位来自长岛的船长迷了路。德莱瑞欧付给他五十美金让他离开驾驶室，下到舱内去。

"你懂船吗？"船长问。

"比你懂。"德莱瑞欧告诉他。

那时阿黛尔已经给他下了最后通牒，她正躺在他们的小舱里，面色惨白。"随便找个港口靠岸，不然你今后就一个人睡吧！"她说。

菲利普·阿德特经常听她提起这故事，还有不少其他故事。他优雅有礼，说话时头略往后仰，仿佛对方是份菜单。他和阿黛尔是在高尔夫球场认识的,当时她正在学打高尔夫球。那是个潮湿的雨天,球场没什么人。阿黛尔和一个朋友正在开球,这时一个半秃的家伙提着个装了几个球杆的布袋子,过来问能否加入他们。阿黛尔的球开得还不错,她朋友开的球却蹦到了路对面。他又重新摆好球,但这杆只蹭到了球边。菲尔这时有点害羞地拿出他的旧三号木,沿着球道笔直地把球打出两百码。

他的性格就是这样:沉静、有力。他读过普林斯顿,然后加入了海军。他看起来就像当过海军的人,阿黛尔说——他的腿强壮有力。第一次约她出去,他对她说,有的人喜欢他,有的人则不喜欢他,这是件挺可笑的事。

"那些喜欢我的人,我很容易就会失去兴趣。"

她不太明白他的话是什么意思,但她喜欢他那副被时光磨损的样子,尤其是眼周那块儿。那让她觉得他是个男子汉,尽管他大概并非如此。他也很聪明,她解释说,模样有点像个教授。

被她喜欢是件好事,但被他喜欢似乎更非同寻常。他身上有种对世界的淡漠,甚至,他对自己也不怎么在乎。

事实上，他赚的并不多。他为一家商业周刊撰稿，收入和她靠买卖房屋挣的钱差不多。她开始有点发胖了，在他们结婚几年以后。她仍算得上漂亮——只看脸的话——但身型已经松垮下来。她睡前会在床上喝一杯酒，像她二十五岁时那样。菲尔则会在睡衣裤外面套一件运动夹克，坐在那里阅读。有时候，他会在早晨穿成这样在草坪上散步，她会望着他，小口喝着她的酒。

"你知道吗？"

"什么？"

"我十五岁就有了很棒的性经验。"她说

他抬起头。

"我开始得没那么早。"他承认。

"也许你应该早一点开始的。"

"不错的建议，不过现在说有点晚了。"

"你还记得我们第一次做爱吗？"

"我记得。"

"我们几乎停不下来，"她说，"你记得吗？"

"算是扯平了。"

"哦，可不是嘛。"她说。

他睡下以后，她看了部电影。明星们也老了，也有了各种感情问题。但那又不一样，生活已经给予他们巨大的回报。她看着，想着。她想到自己曾经的模样，曾有过的东西。她本来也可以当明星的。

但菲尔知道什么？他已经睡着了。

秋天来了。一天晚上，他们在莫里西家里做客。莫里西是个高个儿，职业是律师，他是很多人的遗嘱执行人，也是另外许多人的信托人。他说，他真正的教育来自阅读别人的遗嘱，也就是审视一个人的心灵。

晚餐桌上有个做计算机生意发了财的芝加哥人，很快就暴露出自己是个蠢材。他在吃饭时祝酒："敬个人隐私和体面生活的终结！"

他是和一个沮丧的女人一起来的，她不久前发现丈夫在和一个住在克利夫兰的黑人女性偷情，而且已经持续七年了。可能连孩子都有了。

"所以，你们知道为什么来这儿对我来说就像是透一口气了吧！"她说。

女人们都富有同情心。她们了解她不得不做什么——重新掂量那整整七年。

"是这样。"她的同伴赞同。

"重新掂量什么?"菲尔不明白。他得到的回答很不耐烦。欺骗!他们说,她在所有这段时间里遭受的欺骗。这时,阿黛尔在往自己的杯子里倒葡萄酒。她的餐巾盖在之前打翻的一杯酒的污渍上。

"但那段时间你也过得很幸福,不是吗?"菲尔直率地问,"时间已经过去了,这是不能改变的。不可能突然转化为不幸。"

"那个女人偷走了我的丈夫,她偷走了他立下的所有誓约。"

"很遗憾,"菲尔轻声说,"但这种事其实每一天都在发生。"他们一致强烈抗议,头向前猛伸,像群嘶鸣的圣鹅。只有阿黛尔默然地坐着。

"每一天。"他重复道。但他的声音被淹没了,理性的声音,或者至少是真实的声音。

"我永远不会抢别人的男人,"阿黛尔这时说,"永远不会。"她喝过酒的时候,脸上蒙着一层倦怠,一种似乎看透一切的倦怠。"而且,我永远不会违背誓约。"

"我知道你不会。"菲尔说。

"我也绝不会爱上一个二十岁的人。"

她指的是那个家庭教师,当年那个女孩,她的衣服遮掩不住体内逼人的朝气。

"是啊,你不会的。"菲尔说。

"他抛弃了他的妻子。"阿黛尔对大家说。

众人沉默不语。

菲尔脸上那点笑容消失了,但看起来还算愉快。

"我没有抛弃我妻子,"他平静地说,"是她把我赶出来了。"

"他抛弃了他的妻子和孩子。"阿黛尔继续说。

"我没有抛弃他们。不管怎样,当时我们已经结束了,已经结束一年多了。"他淡然地说,好像他讲的事发生在别人身上。"是我儿子的家庭教师。"他解释说,"我爱上了她。"

"而且,你和她之间发生了点什么?"莫里西猜道。

"是的。"

当你几乎说不出话,甚至难以呼吸的时候,你知道你还爱着。

"两三天后。"他坦承。

"在你家里？"

菲尔摇摇头。他有种陌生而无助的感觉，他正在放弃自己。

"我在家什么都没干。"

"他抛弃了他的妻子和孩子。"阿黛尔重复道。

"你很清楚那是怎么回事。"菲尔说。

"就那么抛下了他们。他十九岁就和她结婚了，到那时已经十五年了。"

"没有十五年。"

"他们有三个孩子，"她说，"其中一个是智障。"

有什么事发生了，让他几乎无法说话。他感到胸口有股强烈的恶心，好像过去的那部分私密正在被人从里面掏出来。

"他不是智障，"他努力开口说，"他只是……有一点阅读障碍。仅此而已。"

在那一刻，好几年前和儿子在一起的情景又痛苦地回到他脑海里。那天下午，他们把船划到一个朋友家的池塘中央，然后跳下水，只有他们俩。那是夏天。他儿子当时六七岁。在深处更为凉爽的水上，覆着薄薄一层温热的水，有淡绿色的青蛙和水草。他们游到最远的岸边又游回来，男孩湿漉漉的金发和紧张的小脸露出水面，像一条小狗。那是快乐的时光。

"给大家讲讲后来的事吧。"阿黛尔说。

"没有什么后来。"

"后来发现这个家庭教师是个应召女。他抓到她和别的男人上床了。"

"真是这样吗？"莫里西问。他靠在桌上，手托着下巴。你以为你了解一个人，因为你们会一起吃饭，一起打牌，但你其实并不了解他。事实总会让你惊讶。你对他一无所知。

"那并不重要。"菲尔嘟哝着说。

"但他还是娶了她，就是这么蠢，"阿黛尔接着往下讲，"那女的到墨西哥城去找他，他当时在那里工作。于是，他娶了她。"

"你什么都不了解，阿黛尔。"他说。

他还想再说些什么，但开不了口。就像是透不过气来。

"你和她还有联系吗？"莫里西漫不经心地问。

"除非我死。"阿黛尔说。

他们谁都不可能真的了解，他们谁都不可能看到墨西哥城，以及他俩度过的令人难以置信的第一年：周末开车沿着海岸行驶，越过库埃纳瓦卡；她洒满阳光的光裸双腿，她的手臂，他对她的晕眩、倾倒，就像站在一幅被禁的照片或是一件摄人心魄的艺术品面前……在墨西哥城那纵情的、无视过往的两年。它给予他的是种近乎虔诚的感觉。他仍然能看见她脖子前倾时后颈那优美的曲线，能看见她的脊骨依次微微凸起，像一串珍珠从光洁的后背滚落。他能看见他自己，从前的自己。

"有联系。"菲尔承认。

"和你的第一任妻子呢？"

"也有联系。我们有三个孩子。"

"他抛弃了她。"阿黛尔说。"一个卡萨诺瓦。"

"有些女人具有警察般的头脑。"菲尔像是在自言自语，"这是对的，那是错的。好吧……"

他站起来。他意识到他今晚做的每件事都错了，而且次序颠倒。他已经毁了他的生活。

"但无论如何，我可以诚实地告诉你们，如果有机会，我还会那么做。"

他走到外面以后，屋子里的人继续谈论。那个被她丈夫欺骗了七年的女人说她明白那是怎么回事儿。

"他假装他无法控制自己，"她说，"同样的事也会发生在我自己身上。有一天我经过伯格道夫商店，在橱窗里看到一件我喜欢的绿色大衣。我走进去把它买下来。过了一小会儿，在另一家店，我又看到了一件大衣，觉得比第一件更喜欢，所以我又买了。等到我终于买完，我的衣橱里一共有四件绿色大衣挂在那里——只是因为我没法控制我的欲望。"

外面，在最高处的苍穹里，飘浮着丝丝缕缕的云朵，星光黯淡。阿黛尔终于逼他走出来，一个人远远地站在黑暗中。她脚步不稳地朝他走过来。她看见他仰着头。她在几码之外停住脚步，也仰起头看。天空开始旋转。她踉跄着迈出一两步，稳住身子。

终于，她问："你在看什么？"

他没有回答。他不想回答。

"彗星，"过了一会儿，他说，"报纸上说的。今天晚上的彗星是最清楚的。"

沉默。

"我没看到彗星。"她说。

"你没有?"

"它在哪儿?"

"就在那儿。"他向上指着。它看起来没什么特别,只是个普通的小星星。多出来的那颗,在昴宿星团旁边。他知道所有的星座。在那令人心碎的海岸上,他曾看到它们在黑暗中升起。

"走吧,你可以明天再看。"她说,几乎是在安慰他,尽管她并没有朝他靠近一点。

"明天它就不在那儿了。就这一次。"

"你怎么知道它今后会在哪儿?"她说,"走吧,很晚了,咱们别待在这儿了。"

他没有动。过了一会儿,她朝那栋房子走去,楼上楼下每个房间的窗户里都毫无节制地亮着灯。他还站在那地方,仰望着天空,然后望着她穿过草坪,身影越来越小,走近那片光晕,出现在灯光里,绊倒在厨房的台阶上。

明星的眼

Eyes of the Stars

她个子矮,腿短,身材已经走形。变化从她的脖子开始,往下延伸,手臂像是厨娘的。六十岁以后的近十年里,特迪的样子几乎没怎么变,以后大概还是如此,已经没有多少可变。她的眼睛下面垂着眼袋,少女时代有点后缩的小下巴如今已消失在其他几层下巴里。但她衣着整洁得体,人们喜欢她。

她过世的丈夫迈伦曾是一位眼科医生,为治疗过很多明星的眼睛而深感骄傲,尽管那往往只是明星的亲戚,侄子或者岳母,反正都差不多。他能背出所有那些眼睛的确切症状:视网膜炎、轻度弱视……

"那是什么?"

一头银发的迈伦会告诉你:

"也就是懒眼症。"

但迈伦已经去世。有时，特迪承认他并非一个多有趣的男人，尽管他对那些知名病人的眼睛有什么毛病了如指掌。他们结婚时，特迪年过四十，已经做好了单身生活的准备，并不是说她从各方面来说都不适合当一位好妻子，而是说除了她的人品、她的好脾气，其他的一切，用她自己的话说，都已经变成了十四码[1]。

但并非一贯如此。虽然她不会像两百年前伦敦臭名昭著的威尔逊夫人那样，声明她绝不透露十五岁时成为一个年长男人的情妇的实情，但她确实也有过类似的经历。她生命中第一个不同寻常的篇章是和一位作家，一位误入歧途的小说家，比她年长二十多岁。他第一次看到她是在公共汽车站。就算在那时候，她也算不上美丽，但青春的肉体可以允诺很多。他带她去装了第一个子宫帽，三年之中，她是他的情妇，直到他离开那个地方，回归他的文学世界，他在新泽西的大房子。

一开始，他们还保持着联系，这也是她和成人世界

---

[1] 美国女装尺码，十四码为超大码。

之间最真实的联系,当然也读他的书,但他的来信渐渐少了,直到最终消失,就像她那个以为他有天还会回来的愚蠢希望。

时光流逝,她对他的记忆越来越不像他,而更像是一个孤独的、开着车的形象。那个时候,大路宽阔明亮,微微晃动的车里,半醉的他正给她讲演员们的轶事,还有那些他从未带她参加过的派对。

他帮她在剧本编辑部找了份工作,在那个充斥着封闭的小圈子、欺骗和梦想的电影世界里,她开始了漫长的职业生涯。尽管世界在变,但你总可以信赖她,她尽可能诚恳待人。后来,她成了制片人。此前她什么都没有制作过,但参与策划过一些东西,而后看着它们被实现或被遗忘,有时兼而有之。和赫希医生的婚姻帮上了忙。医生有个富有的病人,拥有一家游戏节目公司,通过他,她结识了不少电视明星。在她寡居之后,等待已久的机会才终于到来。她被邀请担任一档节目的联合制作人,结果这档节目相当成功,一年以后,随着她的搭档和一个委内瑞拉商人相恋并跑去结婚,她便成了总制作人。她为人随和,感情丰富却也精明,开一辆普通轿车上班,工作人员都喜欢她。他们喜欢取悦她,看她微笑或开怀大笑。

你大概一眼就能认出这样的套路:一个浪漫而又神秘的人物,愤世嫉俗,也善于照顾自己,而骨子里却是一个迷惘的理想主义者。在这个版本里,他是一名律师,法学院的全班第一,但在大公司消磨几年之后,他倾尽所有,决定自己单干。他什么活儿都接,当调查员,也不介意帮人摆平酒驾官司,赚点辛苦费。简言之,就是那种廉价小说里的黑暗英雄。一段令人难忘的情节是,他穿着晚礼服离开办公室,开车去棕榈泉参加一个生日派对,在那里目睹了一个富有客户的堕落生活,并最终勾引了他的妻子。

值得庆幸的是,男主角的人选非常合适。布斯曼·凯克四十多岁了,但看起来比实际年龄更年轻。他入行很晚,那天下午,他带着十二岁的儿子去参加演员的公开招募,他们问他本人是否演过戏。

"没有。"他说。

"一部也没有?从来没有?"

"呃,据我所知没有。"

他们有个小角色,一个身上仍保留着男子气概的酗酒者,他身上有他们正在找的东西。

"这样啊,那你是做什么的?"

"我是个游泳教练。"凯克说。

"私人教练?"

"不,团体教练。一个高中游泳队。"他解释说。

他们喜欢他。运气接着来了。这部电影和他本人都获得了关注。特迪聘请了他。一开始,他对她没什么印象,但渐渐地,他的看法变了,甚至有点喜欢上她的样子,尽管她又矮又胖。他们相处得不错。他过去的生活很平凡,现在的则完全相反。但他始终保持着谦逊。

"完全是一个梦。"他会坦承。

然后来的是德博拉·莱格丽,从东边过来客串的,她已经有些年没在电影里露面了,但名气还在——年轻时些微的高傲,和一位不朽人物的婚姻。他们付给她一大笔酬劳,特迪感觉太多了,而且,她从一开始就很难取悦。她戴着一副墨镜下飞机,没有化妆,却期待能被人认出来。特迪在到达的地方和她会合,她们等那辆来接的车等得有点太久了。在片场,她简直就是个恶魔:她让每个人等她,对导演爱搭不理,对工作人员视而不见。

特迪不得不邀请她吃个晚餐,为了使那天晚上的时光还可以忍受,她也邀请了凯克,他的妻子当天不在城里。她买来鱼子酱,白鲟的,装在一个大圆罐里,标签上画着鲟鱼。她把鱼子酱铺在碎冰上,围上一圈对半切的柠檬。他们会吃吃鱼子酱,喝点酒,然后一起去餐馆用餐。凯克去酒店接德博拉了。特迪看了看表。七点多了。他们就快到了。

凯克把车停在高大的黑棕榈树下,走进酒店,上楼来到她的套房。他敲门时一条狗在房间里叫了起来。他等了一会儿,又敲了下门,然后站在那里盯着地毯。终于:

"是谁?"

"布斯。"

"谁?"

"布斯。"他大声说。

明星的眼

"马上来。"

差不多同样久的时间过去了。狗已经不再叫，屋里安静无声。他又敲了一下门。终于，像是大幕拉开一样，门打开了。

"进来，"她说，"抱歉，你等了有一会儿了吧？"

她穿着褐色的真丝夹克，里面是件光面白T恤，很随意的装扮。

"洗澡间里有东西打翻了，"她解释说，一边扣上一只耳坠，一边带他往房间里走，"不管怎么样，这是个讨厌的晚餐，我们该怎么办？"

那条狗在嗅他的腿。

"想到要和那个乏味的女人待一个晚上，"她接着说，"我就受不了了。不知道你怎么受得了她。这边，坐。"

她拍了拍她旁边的沙发。那条狗跳上去。

"下去，萨米。"她说着，用手背把狗推了下去。

她又拍拍沙发。

"她真是个白痴。来接我的那个司机举着一个大牌子，上面写着我的名字。你能想象吗？我跟他说'放下'。"

她的鼻翼微微扇动,凯克猜不出是因为烦躁还是气愤。她有两种不同的扇法。一种是带着倨傲和气恼,纯种马一般的翕动;另一种更心照不宣,就像是挑起一边的眉毛。

"太蠢了!他想拿着它到处挥舞好让别人看见,让他感觉自己是个人物。一个人需要的不就是这些吗?要是酒店这边再出点什么错,哪怕只是一点点的问题,我都会立即飞回纽约。再见。不过,当然了,他们很了解我,毕竟我在这儿住过那么多次。

"我猜也是。"

"所以,我们接下来怎么办?"她问道,"先喝一杯再想办法吧。冰箱里有白葡萄酒。我现在只喝白葡萄酒。你觉得可以吗?我们可以叫些东西上来。"

"我觉得时间不太够。"凯克说。

"我们有的是时间。"

那条狗用两条前腿紧紧扣住凯克的一条腿。

"萨米,"她说,"别这样。"

凯克试着挣脱出来。

"等一下,萨米。"他说。

"看来他很喜欢你，"她说，"不过谁会不喜欢你呢？你是自己开车来的，对吧？我们干吗不开车去圣塔莫尼卡吃晚餐？"

"你的意思是，不叫特迪？"

"当然不叫她。"

"那我们该给她打个电话。"

"亲爱的，是你要打。"她用一种温情脉脉的声音说。

凯克在电话旁坐下，还不确定要说些什么。

"嗨，特迪？我是布斯。不，我还在酒店，"他说，"听我说，德博拉的狗病了。她不能去吃晚餐，咱们恐怕得取消了。"

"她的狗？它怎么了？"特迪说。

"噢，它一直在呕吐，而且它不能……不太能走路。"

"那她得找动物医生了吧。我有个好的可以推荐。稍等，我给你他的号码。"

"不用，没事的，"凯克说，"已经有一个医生在赶过来了。她通过酒店找到的。"

"好吧，告诉她我很难过。如果你需要其他医生的号码，打电话给我。"

挂了电话，凯克说：

"好了。"

"你和我一样会撒谎。"

她倒上酒。

"还是你想喝点别的？"她又说，"我们可以在这儿喝，也可以去那边喝。"

"'那边'是哪儿？"

"你知道 Rank's 吗？挨着太平洋。我已经很多年没去过了。"

夜晚还未真的到来。天空是浓烈的深蓝，辽阔无云。他们驱车往海滩的方向去，她就坐在他身边，她优雅的脖子，她的脸颊，她的香水味。他觉得自己就像个冒牌货。她依然是美的象征。她的身体看起来很年轻。她究竟多大了？至少五十五岁，但几乎没什么皱纹。依然是位女神。他过去做梦也想不到能开车带着她，趁着白日最后的光线驶向威尔希尔。

"你不抽烟，是吧？"她问。

"不抽。"

"很好。我讨厌烟。尼克没日没夜地抽烟。当然，这要了他的命。你永远都不会想看到那种情形：它蔓延到骨头里，什么东西都止不了痛。非常可怕。我们到了。"

蓝色的霓虹灯招牌上，第一个字母F掉了，可能多年前就遗失了。餐馆里嘈杂、昏暗。

"弗兰克在吗？"德博拉问侍应生。

"请稍等，"他说，"我去看一下。"

走过酒吧区的时候，她傲慢的步态吸引了一些人的目光，随后他们认出了她。过了几分钟，一个穿着衬衫但没打领带的年轻人来到他们落座的地方。

"您问起弗兰克？"他说，认出了他们俩但礼貌地不露声色，"弗兰克已经不在这里了。"

"怎么回事？"德博拉问道。

"他把这个地方卖了。"

"什么时候？"

"一年半以前。"

德博拉点点头。

"你们应该换个店名什么的，"她说，"这样别人才不至于被骗。"

"呃，这里一直叫这个名字。菜单还是之前的，厨师也没变。"那人诚恳地解释。

"你可真行。"她说。然后转向凯克:"我们走吧。"

"是我说了什么不合适的话吗?"新店主问。

"可能吧。"她说。

特迪打电话取消了餐馆的订位。她在想那条狗。她都没想过要记住它的名字。在片场,它就待在自己的床上看着,头趴在前爪上。特迪自己也养过几年狗,一条叫阿娃的英国巴哥犬,身上全是天鹅绒般的褶皱,眼睛凸出,性格滑稽。后来,阿娃聋了,快要瞎了,也不能走路,每天被抱到花园里四五次,她用颤巍巍的腿支撑着站起来,用那双布满白翳、已经无法视物的眼睛无助地望向特迪。最后,再也没有什么办法了,特迪开车带她最后一次看医生。她抱着她进去,眼泪顺着脸颊滑落下来。医生假装没有看到,转而问候那条衰老的狗:

"嗨,公主。"他温柔地唤她。

她拿起一把小小的象牙勺,在一片吐司上涂了点鱼子酱,吃了下去。她又去厨房里拿了些切好的水煮蛋,带回客厅。她决定再来点伏特加。冰箱里就有一瓶。

明星的眼

就着鸡蛋和现挤的柠檬汁，她又给自己来了点鱼子酱。但剩下的实在太多了，想想都吃不完，她决定第二天把它带到片场去。还有两周拍摄就结束了。或许之后她可以休个短假。她可以去巴哈，有些朋友常去那里。她十六岁的时候也去过。在墨西哥，你可以喝酒，可以做任何事，尽管那时他们也经常分床睡。他们在威尼斯大道的公寓里有两张床，那年夏天在马里布海滩住的房子也是，是从一个出外景六周的男演员那儿租来的，那里有一条浓荫夹道的小路通向海滩。她记得，那年夏天她没有穿比基尼，因为太不好意思了，她有件黑色的连体泳衣，每天穿的都是这同一件；还有那年秋天的一次人流手术。

回去的途中，有只飞蛾扑到了挡风玻璃上。时速是四十英里，飞蛾的翅膀剧烈颤抖，风一定很大，它在极力抵抗被卷入黑夜。它紧贴在那儿，静止，顽强，像暗淡的灰烬，但更厚重，还在颤抖。

"你在干什么？"她说。

凯克把车停到路边。他探出身子，用手碰了碰那只飞蛾。它蓦地飞入夜色中。

"你信佛吗，还是别的什么？"

"不，"他说，"我只是不知道它想不想去我们要去的地方，仅此而已。"

在 Jack's，他们很快被带到一个好位置。她说过去住在这边拍电影时总来这家吃。

"我全都看过。"凯克说。

"当然，你应该看过。都是好电影。但你那时还是个小孩儿吧。你多大？"

"四十三。"

"四十三。不错。"她说。

"我不会问你的。"

"别犯蠢。"她警告说。

"不管多大，你看起来都不像。你看起来也就三十。"

"谢谢。"

"我的意思是，这太惊人了。"

"别那么大惊小怪的。"

她的口音是哪里的，英国腔吗，还是只是慵懒的上流社会口音？"过去跟现在很不一样，"她在说，"那时候有真正的天才，伟大的导演，休斯顿[1]、比利·怀德、希区，你从他们那儿能学到很多。"

"你知道为什么吗？"她说，"因为他们真正活过，而不是在电影里长大的。他们参加过战争。"

"希区柯克？"

"休斯顿，福特[2]。"

"你和尼克怎么认识的？"凯克问。

"他看了我一张照片。"她说。

"真的吗？"

"穿着一件白色浴袍。不，是有人促成的。他们能促成各种各样的事。我们是在一个派对上碰面的。我那时十八岁。他邀请我跳舞。不知怎么回事，我弄丢了一只耳坠。我在找那只耳坠时，他说他已经找到了，让我第二天打电话给他。你能想象吧，他就是众神之一，那

---

[1] 约翰·休斯顿（John Marcellus Huston，1906—1987），美国著名导演、编剧、演员，主要电影作品包括《碧血金沙》《夜阑人未静》《非洲女王号》等。

[2] 约翰·福特（John Ford，1894—1973），美国著名导演，以拍摄西部片而著称，曾执导《怒火之花》《万里回乡》和《青山翠谷》等影片。"二战"期间，福特和休斯顿都曾参战，并执导过战争纪录片。

实在让人兴奋得晕眩。不管怎样,我第二天打电话给他。他说让我去他的住处。"

凯克能想象得到,十八岁,多少还有些天真,一切都还在前头。如果她在你面前褪下衣服,你永远都忘不了。

"所以你去了。"

"我到那里的时候,"她说,"他已经准备好了一瓶香槟和一张铺好的床。"

"就是这样?"

"不只。"她说。

"后来发生了什么?"

"我对他说,谢谢,但我只想要回我的耳坠。"

"这是真话?"

"想想看,他四十五岁,我十八岁。我的意思是,让我们看看接下来会怎样,不要急着拉开幕布。"

"幕布?"

"你明白我的意思。他一直是个风流男人,所以我必须当心。"她说。

她用一种了然的眼神看着他。

"你们男人看到年轻女孩都会兴奋。你们把她们当成某种色情玩具。你们没有遇到过真正的女人，区别就在这里。"

"区别。"

她的鼻翼又张了一下。

"遇到真正的女人，这种雄性游戏就会停下来。"她说。

"我不明白你的意思。"

"哦，你不明白？可我觉得你明白。"

过了一会儿，她说：

"说起来，你妻子今天晚上在哪儿？"

"温哥华。去看她姐姐。"

"一路开到温哥华？"

"是的。"

"那可真够远的。你知道我学到了什么吗？"她说。

"不知道，什么？"

"一个人永远不会拥有他渴望的伴侣。总会有别的什么可供选择。"

这大概是某一部戏里的台词。

"你是指我吗？"

"不,亲爱的,不是你。至少我不这么认为。"

他觉得不安。怎么了,你在怕什么?她接下来会问。不,但那是为什么?你看起来很害怕。

他的心揪紧了。因为什么,你妻子?她会问。哦,是啊,我忘记了,妻子。总有个妻子在那里。

德博拉去了洗手间。

"嗨,特迪?"凯克在电话里说,"我想到应该给你打个电话。"

"你在哪儿?现在是什么情况?那条狗还好吗?"

"是的,狗很好。我们现在在餐馆里。"

"哦,实在有点晚了……"

"你就别操心了,我来处理,我能应付得来。"

"她没找什么麻烦吧?"

"这个女人?你听我说:如果她喜欢你,那只会更糟。"

"你的意思是?"

"我现在不能和你说了,我看到她回来了。你没来可真是幸运。"

特迪挂上电话,一个人坐着。伏特加让她感到愉悦,无心去想他们俩到底在哪儿。靠椅很舒适。落地玻璃门外，花园一片漆黑。她现在没有想任何具体的事。她环视着屋里熟悉的家具，花，灯光。她发现不知何故，她在思考自己的生活，她很少这么做。她有一栋漂亮的房子，不算大，但对她来说正合适。从草坪上的某个地方，甚至能看到一小片海洋。房子里有佣人房、客房，客房的衣帽间里挂满她的衣服。对她来说，丢弃旧物是件困难的事，所以各种场合的衣服都还在，尽管那些场合已经是很早以前的事了。她不喜欢想到美丽的东西被遗弃在垃圾堆里。但她又没有人可给，女佣根本用不上，再也不会有人穿上它们了。

现在回头看，她婚后的那些年算得上幸福。迈伦·赫希留给她的财产用来安度余生绰绰有余，此外，她还有事业上的成功。对于一个没什么才华的女人而言——是这样吗？也许她有些自我贬低——她已经做得够好了。她此时在回想这一切是从哪里开始的。她想起十五岁时汽车后座上那些滚来滚去的啤酒瓶，每一个早晨他都和她做爱，而她那时候不知道自己是刚刚开始生活还是已经抛弃了生活，但她爱他，永远无法忘记他。

我的主人
My Lord You

桌上是皱巴巴的餐巾，盛着深色残酒的葡萄酒杯，咖啡渍，盘子里剩下的小块儿布里干酪已经变硬。淡蓝色的窗外，静止的花园笼罩在夏日清晨的鸟鸣中。白日来临。除了布伦南，一切都算圆满。

他们起初坐在暮光中喝酒，后来进到屋子里。厨房里有一张大圆桌，壁炉，架子上摆满各种各样的材料。迪姆斯是位名厨。他的女朋友艾琳也是，她有点让人琢磨不透，脸上时常挂着一抹神秘的微笑，虽然两个人从不一起下厨。那天晚上轮到迪姆斯。他端上鱼子酱，装在一个看起来像化妆品的白罐子里，让大家用小银匙吃。

"只能用这个。"迪姆斯侧着脸低声说。他很少直视别人。"古董银匙。"阿迪斯听见他用低沉的声音错误地说，好像其他人没注意到这个似的。

但她把一切都看在眼里。尽管认识迪姆斯已经有段时间了，但她和她的丈夫从没来过他的家。当其他人都走进餐厅落座时，她在看那些画、书籍，以及陈列在架子上的东西，其中有个完美的、闪闪发亮的贝壳。就像任何别人的家一样，它在某种程度上是陌生的，但又让人觉得似曾相识。

座位有点混乱，在晚餐开始前的嘈杂交谈中，艾琳徒劳地想做些调整。外面，夜色降临，深邃、发绿。男人们在谈论他们还是男孩时在松林茂密的缅因州参加过的露营，还有索罗斯，那位金融家。相比而言，阿迪斯听到的艾琳那句评论要有趣得多，但她不知道艾琳是在什么情况下说的：

"我觉得有时候是和同一个男人睡得太多了。"

"你刚才说的是'有时候是'还是'没这回事'？"

艾琳只是笑笑。我等会儿必须再问问她，阿迪斯心想。食物很美味。有冷汤、鸭肉和新鲜蔬菜做的沙拉。咖啡已经端上来了，阿迪斯正心不在焉地玩着蜡烛上滴下的蜡，突然听到有人在她身后大声说：

"我来晚了。这位是谁?美人儿们都在呢?"

说话的是个喝醉了的男人,穿着夹克,脏兮兮的白裤子上沾着血迹,因为两个小时前,他刮脸时把嘴唇割破了。他头发潮湿,面容傲慢。那是一张摄政公爵的脸,威慑,骄横,闪烁着一种非理性的气息。

"你这儿有喝的吗?这是什么,葡萄酒?很抱歉我来晚了。我刚喝完七杯干邑白兰地,然后和我妻子说再见。迪姆斯,你明白那是怎么回事儿。你是我唯一的朋友,你知道吗?唯一的。"

"你需要的话,厨房里还有晚餐。"迪姆斯说着,朝厨房指了一下。

"不需要晚餐。我已经吃过了。我只需要喝的。迪姆斯,你是我的朋友,但我要告诉你,你将会变成我的敌人。你知道奥斯卡·王尔德——我最爱的作家,这世上我的最爱——是怎么说的吗,任何人都可以选择他的朋友,只有聪明人才能选择他的敌人。"

他死死盯着迪姆斯。疯子般的凝视,带着某种狂怒。他嘴巴的样子显示出一股决心。他走进厨房里,他们能听见他在摆弄那些酒瓶。他回来时手里险险地端着一杯酒，放肆地环顾四周。

"比阿特丽斯呢？"迪姆斯问。

"谁？"

"比阿特丽斯，你妻子。"

"走了。"布伦南说。

他在找一张椅子。

"去看她父亲？"艾琳问。

"你怎么会这么想？"布伦南恶狠狠地问。让阿迪斯警惕的是，他在她旁边坐了下来。

"他不是住院了吗？"

"鬼知道他住哪儿，"布伦南阴沉地说，"他是只猪。一身铜臭，唯利是图。他就是个黑心房东，一个罪犯。我要亲手吊死他，用独裁者戈麦斯的方式，他的女儿们倒可能都很富有。"

他这时注意到阿迪斯，似乎把她当成了另外一个人，模仿着那个人的口吻对她说："'捕'好玩儿吗？'捕'是很棒吗？"

他转向另一边说话，她松了口气。

"我是他们仅有的希望，"他对艾琳说，"我靠他们的钱过活,那把我毁了,我整个儿完了。"他把酒杯伸过去,温和地问:"可以给我一点冰吗?""我爱我妻子,"他向阿迪斯坦承,"你知道我们是怎么遇见的吗?你绝对想不到。她从沙滩上走过来,我毫无准备。我看到她的腹侧,然后是背部,我想象着其余部分。砰!就像行星相撞,我们在一起了。简直是荒淫无度。有时候我只是沉默地躺在那儿观赏她。""黑豹躺在他的玫瑰树下,"他背诵着,"J'ai eu pitie des autres……"

他盯住她。

"什么意思?"她有点迟疑地问。

"……但孩子平静地走进她的教堂。"他继续吟诵。

"王尔德?"

"你竟然猜不到?庞德。这个世纪唯一的天才。不,不是唯一的,另一个是我:酒鬼、失败者、伟大的天才。你是谁?"他说,"又是一个小家庭主妇?"

她感到脸上失去血色,起身忙着去清理桌子。他的手拉住她的胳膊。

"不要走。我知道你是谁,又一个注定凋谢的无价女人,美丽的身体,"她挣开他时他还在说着,"漂亮的鞋子。"

我的主人

她把盘子送去厨房，听见他说：

"如果不被邀请，就不要参加这些派对。"

"想象不出为什么。"有人嘟哝道。

"但迪姆斯是我的朋友，我最亲密的朋友。"

"他是谁？"在厨房里，阿迪斯问艾琳。

"哦，他是个诗人。他娶了个委内瑞拉女人，但她跟人跑了。他并不总是这么糟的。"

在另一个房间里，他们终于让他安静下来。阿迪斯看见她丈夫有点紧张地用一根手指把眼镜往鼻梁上推了推。穿着马球衫、头发乱糟糟的迪姆斯正试着带布伦南往后门那儿去。布伦南不断停下来说话。有一会儿，他甚至看起来正常了一点。

"告诉你一件事，"他说，"我刚才路过学校，就是街上那座，看到一幅海报。首届年度交欢小姐大赛。我不是开玩笑。是真的。"

"不，不可能。"迪姆斯说。

"已经举办过了，我不知道是什么时候举办的。问题是，最后她们是来了劲儿还是泄了劲儿？再给我一点点吧。"他恳求。他的酒杯空了。然后，他的思路又跳回来,"真的,这件事你怎么看?"

在厨房的灯光里,他看起来很是邋遢,像个整夜赶工的记者。令人不安的是他的缺乏理智,他的怒视。一个鼻孔比另一个小。他一向无人管束。阿迪斯希望他不会再注意到自己。他额头上有两个地方在发光,像两只新生的角。男人感觉到你怕他的时候,是不是反而更想靠近你?

她能感觉到他的目光。沉默。她能感觉到他站在那儿,像个邪恶的乞丐。

"你是谁,又一个布尔乔亚?"他对她说,"我知道我喝了不少。和我一起共进晚餐吧,"他说,"我已经帮咱们俩点了大餐。奶油土豆浓汤。龙虾。S.G.——菜单上总这么写着,selon grosseur[1]。"

他语气轻松,好像他们俩正一起坐在赌场里,面前是高高堆叠的筹码,好像他们正在精明地商量该如何下注,而她紧裹在黑色T恤衫里的双乳对他来说没什么特别的。他平静地伸出手抚摸其中一个。

---

[1] 法语,意为"根据大小",美国菜单上通常简写为S.G.,指某种食材(例如龙虾)的价格根据其大小而定。

"我有钱。"他说。他的手仍放在那里,托着它。她惊诧得无法动弹。"你还想要吗?"

"不。"她吃力地说。

他的手向下滑到她的臀部。迪姆斯抓住他的一只胳膊把他拽开。

"嘘,"布伦南对她小声说,"什么都不要说。只有我们俩。像一支船桨悄无声息地滑入水中。"

"我们该走了。"迪姆斯坚持说。

"你在干什么?又在玩什么诡计?"布伦南喊道,"迪姆斯,到最后我一定要毁了你!"

他往门那边去,嘴里还继续说着。他说,他唯一不讨厌的人就是迪姆斯。他邀请大家都到他家去,他那里什么都有。他有留声机,有威士忌!他还有一块金表!

终于,他到了外面。他摇摇晃晃走过精心修剪过的草坪,钻进车里,车的一侧被撞得凹了进去。他猛地倒车,离开了。

"他去 Cato's 了,"迪姆斯猜测,"我应该给他们打个电话说一声。"

"他们不会招待他的。他在那儿欠了很多钱。"艾琳说。

"谁告诉你的?"

"酒保。你还好吗?"她问阿迪斯。

"还好。他真的结过婚吗?"

"他结过三四次。"迪姆斯说。

过了一会儿,她们开始跳舞,几个女人一起。后来,艾琳把迪姆斯也拉了进来。迪姆斯没有反抗。他跳得很好。她的双臂像波浪般舞动,边跳边唱歌。

"非常棒,"他说,"招待好大家了吗?"

她对他微笑。

"我尽力。"她说。

结束时,她的手抚在阿迪斯的手臂上,又说:

"今晚的事我很不好意思。"

"没什么。我很好。"

"我应该抓住那家伙把他扔出去。"回去的路上,她丈夫说,"埃兹拉·庞德。你知道这个人吗?"

"不。"

"他是一个叛徒。他在战争时期为敌人做宣传。他们应该毙了他。"

我的主人

"他后来怎么样了？"

"他们给了他一个诗歌奖。"

他们沿着一段漫长空旷的道路开下去，路的拐角处伫立着一座小房子，吉卜赛人的房子，一半掩映在树丛后面，阿迪斯觉得那应该是一栋简单的房子，院子里有小水泵，白天的时候，偶尔会有一个穿着高跟鞋、蓝色超短裤的女孩把衣服挂在晾衣绳上。今晚，一扇窗户里透出灯光。一盏靠近大海的灯。她开车和沃伦回家，他在一旁说着话。

"最好把今晚的事忘掉。"

"是的，"她说，"没什么。"

那天凌晨，大约两点钟，在赫尔路，布伦南的车穿过一道篱墙，冲上了别人家的草坪。他没看见那个左转弯，警察认为这可能是由于他没有开车前灯。

她拿着书来到窗边，窗外是图书馆后面的花园。她这里翻翻那里翻翻，读到了一首诗，有人在其中几行下面画了线，空白处还有铅笔写的批注。标题是《河商的妻子》[1]，她从未听说过。外面，炙热的夏天白得像白垩。她读道：

> 十四岁嫁给你，我的主人
> 我那么羞怯，从未展颜欢笑……

三个老男人在冰冷的房间里读着报纸，其中一个看起来几乎瞎了，厚眼镜片在他脸上投下苍白的光晕。

> 这个秋天，树叶在风中早早飘落。
> 蝴蝶八月就已变黄
> 双双飞过西园的衰草。
> 这使我心伤。
> 年岁又长。

她也读过诗，也像这样标注过诗句，但那还是上学的时候。学的那些东西她只记得一点。她也有过这么一

---

[1] "The River-Merchant's Wife"，埃兹拉·庞德翻译的李白诗歌《长干行》。

我的主人

个"主人",但她没有嫁给他。她那时二十一岁,是在城市生活的第一年。她记得第五十八街上的那栋深褐色砖楼,那些光线纷乱的下午,她丢在椅子上或是滑落到地上的衣服,还有她向它或他,或者随便什么人发出的潮湿、无意识的反复咏叹:哦,主啊,哦,主啊,哦,主啊。外面的市声那么微弱,那么遥远……

过后几年,她给他打过几次电话,以为爱意将永存,愚蠢地梦想着再见面、他会回来,就像老歌里唱得那样。再一次,急急忙忙地,几乎在正午的街上跑起来,鞋跟打在人行道上。看到公寓的门开着……

> 请告诉我,
> 如果你从长江峡谷顺流而下,
> 我会去接你,
> 直到"长风沙"那里

她坐在窗边,年轻的面容稍显疲倦,带着一点厌恶的神情,对某些东西,甚至是对自己的厌恶。过了一会儿,她走到前台去。

"这里有迈克尔·布伦南的书吗？"她问。

"迈克尔·布伦南，"那女人说，"我们以前有，但他后来把书都拿走了，说读者不配读这些书。我想现在应该没有了。可能得等他从城里回来以后。"

"他住在城里？"

"他就住在这条街上。有段时间我们有他所有的书。你认识他？"

她本来还想再问些什么，但只摇了摇头。

"不认识，"她说，"我只是听说过他的名字。"

"他是个诗人。"那女人说。

她一个人在海滩上坐着。周围几乎没有其他人。她穿着泳装，半仰躺，让阳光照在脸上、膝盖上。天气炙热，大海平静。她喜欢躺在沙丘旁，倾听波浪涌来、碎裂，撞击声宛如交响乐的终场和弦，不同的是，这和弦永不停息。没有什么比这更好的了。

她从海里出来，像吉卜赛女孩一样把自己晾干，脚踝上裹着一层沙子。她能感觉到阳光炙烤着她的肩头。她把自行车推到路上，头发湿着，陷于时日空虚的感觉，脚下的尘土细腻柔软。

她没有走平时回家的那条路。路上几乎没有其他人。正午是瓶底的绿色,那些矗立在树木和广袤农田间的宽大房舍,像记忆一样被抛在后面。

她认得那座房子,远远地看到它,她的心竟不安地跳动起来。她停下来时是很随意的,自行车歪向一边,她半坐在上面,仿佛只是在中途休息。一个穿着白色夏衫、光着腿的孤独女人多么美。她假装调整自行车的链子,打量着眼前的房子、它高高的窗户、屋顶上的水渍。院子里有个园丁小屋,已经废弃了,通向小屋的路上长出了新树。长长的车道,面海的走廊,到处都空无人迹。

她慢慢地往房子走过去,意识到自己有多么不知羞耻。她想透过窗户看看里面,仅此而已。但尽管这里没有声音,全然静寂,这么做仍然是禁忌。

她离它更近了,突然,有人从门廊的一侧猛地站起来。她惊得发不出声音,一动也不能动。

是一条狗,一条比她的腰还高的大狗,正朝她走过来。它的眼睛是黄色的。她一向害怕狗,一条阿尔萨斯牧羊犬曾突然攻击她的大学室友,撕掉了她的一块头皮。

同样的个头，同样低垂的头颅，缓慢从容的步子。

她知道不能表现出胆怯。她小心翼翼地把自行车横在她和狗之间。狗在几英尺外站住，眼睛直盯着她，阳光照在它背后。她不知道接下来会发生什么，一个突然、短促的进攻？

"好孩子。"她说。她只想到这个：好孩子。

她小心地挪动步子，推着自行车往大路的方向走去，她缓缓转过头，假装并不害怕。她感觉到自己露在外面的腿、赤裸的小腿肚。它们会被撕裂，仿佛被镰刀划开。那狗还跟着她，肩膀匀称地晃动，像某种机械。她不知怎的有了一点勇气，试图骑上车。自行车前轮摇晃不定。狗来得更近了，和车把一样高。

"不，"她大叫，"不要。"

过了一会儿，他乖巧地放慢步子，或是掉转了方向，离开了。

她逃离般飞快地骑着车，飞驰过一块块的阳光，以及高大、静穆的树木隧道。然后，她又看到了他。他还跟着——也不能说是跟着，因为他在前面，隔着一段距离。他像是在正午燃烧着的田野里浮动，身上披着火焰。

她拐到家门前的那条路。他也跟上来,但落在她后面。她听到他的趾甲发出的声音像石块儿滚落。她往后看看。他在古怪地小跑,像一个在雨里奔逃的大块头男人,下巴上拖着一条涎水。她进屋以后,他消失不见了。

那天晚上,她穿着棉睡袍,洗过脸,准备就寝。洗澡间的门半开着。她快速地梳着头发。

"累吗?"她出来的时候丈夫问道。

这是某件事的开场白。

"不累。"她说。

就这样,他们在夏天的夜里听着远处海的声音。她的皮肤异常美丽,是她所具备的为丈夫所钟爱的东西之一,光洁、柔腻,纯净得让抚摸它的人颤抖。

"等等——"她喃喃地说,"别这么快。"

过后,他躺下去,什么都没说,沉沉地进入梦乡,快得不可思议。她摸了摸他的肩膀。她听到窗户外面有响动。

"你听到了吗?"

"没有。是什么?"他迷迷糊糊地问。

她等了一会儿。什么也没有。声音很微弱，像一声叹息。

第二天早晨，她说：

"哦！看那儿，那条狗躺在树下面。"她能看到他的耳朵，小耳朵上夹杂着小撮白毛。

"什么？"她丈夫问。

"没什么，"她说，"一条狗。它昨天跟过我。"

"从哪儿跟来的？"他说着，走过来看。

"路那头。我想它可能是那个人的狗。布伦南。"

"布伦南？"

"我路过他家了，"她说，"然后他就跟上我了。"

"你去布伦南家干什么？"

"没干什么。只是路过。他不在家。"

"他不在家？这是什么意思？"

"我不知道。别人说的。"

他走过去打开门。那狗——它是条猎鹿犬——此前一直躺在那里，前腿伸在身前，腰臀部又圆又高，像个斯芬克斯。它这时别扭地站起来，过了一会儿，它不情愿地挪动步子，慢慢地穿过田野，没有回头。

我的主人

晚上，他们去麦考克斯路参加一个派对。远远地，在蒙托克那边，风掠过海岸。波浪碎裂成一片片云雾。一个女人在和阿迪斯攀谈，年龄并不比她大多少，她的丈夫不久前因脑瘤过世，终年四十岁。是他自己诊断的，那女人说。他当时正坐在剧院里，突然发现自己看不见右边那面墙了。葬礼上，来了两个她不认识的女人，没参加事后的招待会。

"当然，他是个外科医生，"她说，"她们会像苍蝇一样扑向外科医生。但我从没有怀疑过他。我觉得我是全世界最大的傻瓜。"

他们开车回家，路边的树影在黑暗中向后流逝。他们的房子在明亮的车灯光里浮现出来。她觉得她看见了什么，同时希望丈夫没有看见。他们走过草坪的时候，她非常紧张。天空中闪动着无数星星。他们会打开门，走进屋，屋里的一切都是那么熟悉，甚至显得安详。

再过一会儿，他们就要准备睡觉了，风还抽打着屋角，树叶在黑暗中彼此拂扫。他们会熄灭灯。外面所有的一切都将留给荒野，留给风的颂歌。

真的。他就在那儿。他侧卧着,白色的皮毛变皱了。她在晨光里慢慢朝他走近。他抬起眼睛,一双金黄和淡褐色的眼睛。她看得出,他的年纪不轻了,但他的力量在于他的不屈服。她开口说话,声音自然。

"来吧。"她说。

她走了几步。一开始,他没有动。她回头瞅了他一眼。发现他跟了上来。

天还很早。他们来到大路上时,有辆土褐色的车子开过去,被阳光晒褪了色。一个女孩坐在后座上,疲倦地垂着头。阿迪斯想,她刚度过了筋疲力尽的一夜,此时正被人送回家。她感到一股无法解释的嫉妒。

天气温暖,但真正炎热的时辰还未到来。有几次,他停下来,在路边的水洼里喝水,她在一旁等着。他站在水洼当中,湿漉漉的大趾甲像象牙一样熠熠生辉。

突然,另一条狗从走廊上狂吠着冲出。大猎犬转过身,露出牙齿。她屏住呼吸,她害怕看到两条狗中的哪个瘸了腿、流着血,但他们尽管叫得很凶,却始终保持着距离。猛扑几下以后,一切结束了。他走过来,步子有点不稳,嘴边粘着几撮湿漉漉的狗毛。

到了房子那儿，他先跑到走廊上，站在那里等着。很明显，他想进屋。他回来过。她想他一定饿坏了。她四下看看有没有人。她上次没注意到的一把椅子放在外面的草坪上，但房子还是一如过往地沉寂，窗帘纹丝不动。她试着推了推门，那只手简直不像是她自己的。门没有锁。

门厅里光线昏暗，再过去是杂乱的客厅，沙发靠垫皱成一团，桌上放着酒杯，到处是纸张、鞋子。餐厅里堆着一摞摞书。这是一个艺术家的居所，一个丰富、无所顾忌的居所。

卧室里有一张宽大的写字桌，桌子当中，在回形针和信件之间，有一小块地方被清理了出来。几张纸上用难以辨认的字迹写着一些未完成的句子和省略了某些元音字母的词。父之死[1]，她读到，之后的字迹无法辨认，接下来的一句好像是空车而返[2]，在这一页的最下面，单独地写着两个词：再一次，再一次。一页信则是用另一种字迹写的：我深爱你，我崇拜你，我爱且崇拜你。她

---

[1] 原文为"Deth of fathr"，即"Death of father"。
[2] 原文为"carrges sent empty"，即"carriages sent empty"。

无法继续读下去，她感到深深地不安。有些事她并不想知道。捶打而成的银制相框里是一个女人的照片，她脸上覆盖着阴影，倚墙而立，后面是看不见的白色别墅。透过装着板条的百叶窗，似乎能听到棕榈叶轻柔摩挲，鸟在高处歌唱，他就是在这别墅里遇见她的，她的青春是那样醒目，仿佛在宣告一场战争的开始。不，不是这样。他是在海滩上遇见她的，然后他们一起去了别墅。对更真实生活的一瞥是那么有力。她读了那行西班牙语的斜体字：Tus besos me destierran[1]。她放下照片。照片是神圣不可侵犯的，你会被它排除在外，永远。所以，这就是那位妻子。Tus besos，你的吻。

她梦游般走进宽大的洗浴间，从那里眺望外面的花园。走进来时，她的心差点儿停止跳动——她在浴室的镜子里瞥见一个人影。瞬间之后，她意识到那是她自己，她更近一点去看，在柔和、颗粒状的光里，她看到一个已经不太能认得出，甚至不太正当的自己。她突然意识

---

[1] 意为"你的吻放逐了我"。

到,她已经接受了这样的命运:就在此处被发现,布伦南会回家拿信或是面包,他会发现她。她会听到不知何处传来的、令她血液凝固的脚步声或车的声音。她继续看着自己。她所在的这个房子属于那个诗人,那个魔鬼。她已经走入禁区。你的吻……一句话还没讲完,这时,那条狗来到洗浴间门口,站在那里,然后在地板上卧下来,善解人意的眼睛看着她,像一个亲密的朋友。她朝他转过身。所有她不曾做过的事似乎都近在咫尺。

从容地,不假思索地,她开始脱衣服,但止于腰部。她所做的事让她晕眩。一片寂静中,外面阳光普照,纤细的她站在那儿,半裸着——她遗失的自我形象,所有女人的形象。狗抬起眼望着她,仿佛怀着崇敬。他是一个无与伦比的伴侣,绝不会背叛。她想起在学校时比她强的那几个人:姬特·瓦伊宁,南·布德罗。传奇般的面容和声名。她渴望像她们一样,但似乎从未有过机会。她向前俯下身去,轻抚他美丽的脑袋。

"你是个大家伙。"这话听起来那么真实,比她长久以来说的所有话都更真实。一个很大的家伙。

他的长尾巴来回摇摆,擦过地板时发出细微的声音。

她跪下来，反复抚摸他的头。

这时传来汽车轮胎碾压碎石的响声。她猛然清醒过来，急急忙忙地，几乎惊慌失措地套上衣服，快步走进厨房。如果有必要，她会跑过走廊，跑过一棵又一棵树。

她打开门听了听。没什么动静。她迅速走下屋后的台阶时，在房子的一侧看到了她的丈夫。谢天谢地，她无助地想。

他们朝对方慢慢走过去。他瞥了一眼房子。

"我把车开过来了。屋子里有人吗？"

"没有，没有人。"她觉得她脸部僵硬，好像自己在撒谎。

"你在这里干什么？"他问。

"我刚才在厨房里，"她说，"我想找点东西喂他。"

"你找到了吗？"

"是的。没有。"她说。

他站在那儿打量着她，最后说：

"我们走吧。"

他们倒车离开时，她看到那狗卧在阴凉处，四肢摊开，闷闷不乐。她感觉到衣服下面的赤裸，满足。车子转上大路。

"总得有人喂他。"车子行驶着,她说。她望着车窗外的房舍和田野。沃伦没答话。他开得更快了。她转过头朝后看。有一会儿,她觉得看见了他跟在后面,远远地。

那天晚些时候,她出门买东西,五点钟左右回到家。又起风了,砰地把门吹上了。

"沃伦?"

"你看到他了?"她丈夫说。

"是的。"

他又回来了,待在外面稍稍上坡的地方。

"我得打电话给动物收容所。"她说。

"他们什么都不会做,他不是条流浪狗。"

"我受不了。我得打电话给什么人。"

"你干吗不打给警察?他们可能会过来射杀他。"

"你为什么不自己动手?"她冷冷地说,"去找人借把枪。他快把我逼疯了。"

直到九点过后,外面还有亮光,在最后的余光里,云朵是比天空更深的蓝色,她安静地走出去,远远穿过草地。她丈夫在窗户后面看着她。她手里端着一个白碗。

她能非常清楚地看见他,柔软的草丛中他口鼻的灰色,走得更近一点,她看见了那双清澈的褐色眼睛。她跪下来,仿佛在进行某种仪式。风吹散了她的头发。在暗淡下去的光线里,她看起来简直像个疯子。

"来,喝点东西。"她说。

他暗含责备的目光转向别的地方。他像一个睡在毛皮大衣上的逃亡者。眼睛几乎闭上了。

我的生活毫无意义,她想。这是她最不想承认的。

他们沉默地吃晚餐。她丈夫不看她。不知道为什么,她的脸让他心烦。她可以很漂亮,但有时候又不是这样。她的面容就像一系列连拍的照片,其中有一些应该被扔掉。今晚的就是这样。

"今天海水冲进了断陷湖。"她干巴巴地说。

"是吗?"

"他们以为有个小女孩溺水了,好几辆消防车开了过去。后来发现她只是走失了。"过了一会儿,她说,"我们必须做点什么。"

"要发生的总会发生。"他说。

"那不一样。"她说，突然起身离开。她觉得自己快要哭了。

她丈夫的工作本质上是给人建议。他的生活是为别人的生活服务的，帮他们达成协议，结束婚姻，免受以往朋友的侵害。他在这方面颇有成就。那种语言和技能是他的一部分。他生活在侵扰和私利之中，但总能保护自己。他的文件堆里有信件、备忘录、职业秘密。他能看到人离灾难有多么近，无论他看起来有多么安全。他看到事情发生变化，毁灭性的事接踵而来，完全没有预警。有时候他们还能自救，但过了某个点，一切都无济于事了。他有时也想知道自己——当打击降临，梁断房塌，接下来将发生什么？她又在给布伦南家打电话了。一直无人接听。

夜里狂风大作。天刚破晓的时候，沃伦感觉到那种静止。他躺在床上没动。他妻子背对着他。他能感觉到她的抗拒。

他起床走到窗边。狗还在那里，他能看到它的身形。对于动物、自然，他没什么了解，但他能察觉到发生了什么。它躺的姿势和以前不一样。

"怎么回事儿?"她问。她已经过来了,站在他身边。仿佛她已经在那里站了很久。"他死了。"

她往门口冲过去。他抓住她的手臂。

"放开我。"她说。

"阿迪斯……"

她开始啜泣。

"放开我。"

"别管他!"他在她身后喊着,"别管他!"

她穿着睡衣飞快地跑过草坪。草地很湿。离得更近时,她停下来让自己平静一下,积攒一点勇气。她此刻只后悔一件事——没有和他道别。

她又往前走了一两步。她能感觉到他柔软、硕大躯体的重量,一种可以分散的、终将变成别的什么的重量,肌肉逐渐消解,骨头变轻。她渴望做她从未做过的事,抱住他。就在那一刻,他抬起头。

"沃伦!"她转头朝屋子的方向喊道,"沃伦!"

仿佛这喊声让他感到痛苦,那狗站起身,非常疲惫地走开。她双手捂着嘴,盯着他曾经待过的地方,那里的草已经被压平了。一个夜晚。又一个夜晚。当她再看他的时候,他已经走出去一段距离。

她向他跑去。沃伦能看见她。她看起来自由了。她看起来像另一个女人,一个更年轻的女人,一个你会在满是灰尘的海边田野中看到的的女人,身穿比基尼,赤着脚偷土豆。

她再也没有见过他。很多次她经过那栋房子,偶尔能看到布伦南的车,但无论路边还是附近的田野里,到处都没有狗的影子。

八月底的某个晚上,她在 Cato's 看到布伦南。他一个人待在酒吧区,一只胳膊吊着绷带,她猜不出是因为什么事故。他正投入地和调酒师交谈,还是同样激烈的雄辩。尽管餐馆里很拥挤,但他旁边的凳子都空着。只有他一个人。狗不在外面,也不在车里,不再是他生活的一部分——他走了,丢了,活在别的地方,也许有一天,他的名字会被写进一段文字里,尽管更有可能的是,他会被遗忘,但绝不会被她遗忘。

好玩儿
Such Fun

离开餐馆后,莱斯莉建议大家去她那儿喝一杯,离这儿就几个街区,一栋老旧的公寓大楼里,底层带有铅条窗户,从那里可以俯瞰华盛顿广场。凯瑟琳说好啊,但简说她累了。

"就喝一杯,"莱斯莉说,"来吧。"

"现在回家也太早了。"凯瑟琳说。

刚才在餐馆里,她们一直在谈论电影,她们看过的和没看过的电影。她们谈论电影,也谈论餐馆的领班鲁迪。

"我总能坐上一张好桌子。"莱斯莉说。

"是吗?"

"每回都是。"

"那他得到了什么?"

"是他想要得到什么。"莱斯莉说。

"他真的一直在盯着简看。"凯瑟琳说。

"不,他没有。"简反对说。

"他已经把你的一半衣服都脱掉了。"

"拜托,别这样。"简说。

莱斯莉和凯瑟琳在大学时是室友,友谊一直延续至今。她俩曾经一起搭车漫游欧洲,最远直到土耳其。许多晚上——只有一天不是——她们俩都睡在同一张床上,不和那些男人,准确地说是男孩们鬼混。凯瑟琳的深色长发梳向脑后,额头光洁,笑容明媚。她应该很容易当一个模特。除了眼睛能看到的,她别无所长,但这往往也够用了。莱斯莉学的是音乐,但她从未从事任何相关的工作。她在打电话方面有天赋,聊起天来好像她和你是多年的老相识。

在电梯里,凯瑟琳说:

"天啊,他真可爱。"

"谁?"

"你的门卫啊。他叫什么名字?"

"桑托斯,哥伦比亚一个什么地方来的。"

"他什么时候下班才是我关心的事。"

"看在上帝分儿上。"

"大家都爱这么说。每当我对什么人有点意思的时候。"

"我们到了。"

"不过,说真的,你有没有叫他帮忙换灯泡什么的?"

莱斯莉正在翻找她的钥匙。

"说来话长,"她说,"那是另一个故事了。"

她们走进房间时,莱斯莉说:

"我这里除了苏格兰威士忌没别的酒。喝这个行吗?邦宁把其他酒都喝光了。"

她走进厨房去拿杯子和冰块。凯瑟琳和简在沙发上坐下来。

"你和安德鲁还见面吗?"她问。

"断断续续。"简说。

"断断续续,刚好是我想要的状态。可能说续续断断

好玩儿

更好。"

莱斯莉回来了,拿着杯子和冰块。她开始给她们调酒。

"好了,这是你们俩的,"她说,"这杯是我的。你们今晚很难从这里走出去。"

"你不会继续住这套公寓了吧?"凯瑟琳问。

"两千六一个月?我可付不起。"

"你就不能从邦宁那儿拿到点什么吗?"

"我什么都不会要。也许一些家具吧,我大概还用得着,可能还有一点钱,帮我度过前三四个月。实在不行,我就搬到我妈那儿住,希望用不着这样。或者,我可以去你那儿住?"她问凯瑟琳。

凯瑟琳在列克星敦有个无电梯的公寓,一个漆成黑色的房间,其中一面墙上装着镜子。

"当然可以,直到我们其中一个把另一个杀了。"凯瑟琳说。

"我要是有个男朋友,那就不成问题了,"莱斯莉说,"可惜我一直忙着照顾邦宁,没工夫找男朋友。"

"你很幸运,"她对简说,"你还有安迪。"

"那倒也不是。"

"怎么?"

"真不是。他不是很认真。"

"对你?"

"不止。"

"所以,到底怎么了?"

"我也不知道。我只是对他感兴趣的那些东西不感兴趣。"

"例如?"凯瑟琳问。

"每件事都是这样。"

"给我们具体说说。"

"就是那些平常事。"

"什么?"

"肛交。"简说。她一时冲动撒了个谎。她想要寻求某种突破。

"哦,我的天,"凯瑟琳说,"让我想起我前夫。"

"马尔科姆。"莱斯莉说,"说起来,马尔科姆去哪儿了?你们还有联系吗?"

"他去了欧洲。没有,我完全没有他的消息。"

马尔科姆给一家商业杂志写稿。他个头儿不高，但很会穿——漂亮的条纹西装，光可鉴人的鞋子。

"我不明白怎么会嫁给他，"凯瑟琳说，"我不是那种很有远见的人。"

"哦，我明白那是怎么回事儿，"莱斯莉说，"事实上，我能看出那是怎么回事儿。他非常性感。"

"一个原因是他的姐姐。她真是太好了。我和她见面一分钟就成了朋友。老天，这酒太烈了。"凯瑟琳说。

"你要再兑点水吗？"

"好的。她给了我人生中第一只牡蛎。'我得把这个吃掉吗？'我问她。'我来教你怎么吃，'她说，'把它们丢进嘴里，吞下去。'在中央车站一带的一个酒吧。我一开始吃就再也停不下来。她实在是太直率了。她问我，'你和马尔科姆上过床吗？'要知道，我和她以前几乎没见过面。她想知道那件事怎么样，马尔科姆是不是像他看起来那么厉害。"

凯瑟琳在餐馆里已经喝了很多葡萄酒，再之前还喝了一杯鸡尾酒。她的嘴唇闪闪发光。

"她叫什么名字？"简问道。

"伊妮德。"

"啊,很美的名字。"

"不管怎么说,我和他交往下去——那是在我们结婚之前。房间里除了一张床和一扇窗什么都没有。就是在那时候,我经历了那个。"

"什么?"莱斯莉问。

"'走后门儿'。"

"然后?"

"我喜欢。"

简的心里突然充满对凯瑟琳的崇拜,崇拜并且惭愧。这些都是真的,不像她自己说的那些是编造出来的。为什么我就不能像她一样坦承一些东西?她想。

"可你们还是离婚了。"她说。

"是啊,生活里除了那个还有很多别的东西。我们离婚是因为我实在厌倦了他到处发情。虽然他总能找到这样那样的说法来掩饰,但那次我们在伦敦,凌晨两点他的电话响了,他去了另一个房间接。那是我第一次发现。当然,那个女人只不过是其中之一。"

"你没喝酒。"莱斯莉对简说。

"不，我在喝。"

"总之，我们离婚了。"凯瑟琳接着说。"现在，应该说是我们俩了，"她说着转向莱斯莉，"加入单身俱乐部。"

"你真的要离婚？"简问道。

"那对我来说将会是解脱。"

"你们俩结婚多久了？六年？"

"七年。"

"很长一段时间。"

"相当长的一段时间。"

"你们怎么认识的？"简问道。

"我们怎么认识的？倒霉呗。"莱斯莉说着，往自己的杯子里加了些威士忌，"事实上，我们是因为他从船上掉下来认识的。我当时在和他表弟一起玩帆船。邦宁过后说，他是为了引起我的注意才那么做的。"

"真好玩儿。"

"但他后来改口了，说他只是摔倒了，总得摔到什么地方吧。"

邦宁的名字其实叫阿瑟，阿瑟·邦宁·哈西特，但他讨厌叫"阿瑟"。每个人都喜欢他。他们家有一家纽扣工厂,在贝德福德还有一栋叫"哈哈"的大宅,他就是在那里长大的。理论上,他写戏剧,至少有一部剧作接近成功,在外百老汇上演过,此后却每况愈下。他有个叫罗宾的秘书——但他说她是他的"助理"——她觉得他非常了不起,不可捉摸,更不用提他有多么令人愉快了。莱斯莉自己也总是被邦宁逗笑,至少前几年是这样的,但后来,他开始酗酒了。

结局发生在大约一周前。一个剧院律师和他的妻子邀请他们参加一个开幕夜活动。他们先是吃晚饭,在餐馆时,邦宁给自己叫了马提尼,在此之前,他已经在公寓里喝了不少酒。

"别这样!"莱斯莉说。

他不理会她,刚开始还说了几句话,但然后就只顾喝酒,一言不发,留下莱斯莉和那对夫妇交谈。突然,邦宁口齿清晰地问她:

"他们是谁?"

一阵沉默。

"真的,他们是谁?"邦宁又问了一遍。

"我们是他们的客人。"莱斯莉冷冷地说。

邦宁的心思好像又转去了别的什么地方。过了一会儿，他起身去洗手间。然后半个小时过去了。最后莱斯莉发现他人在酒吧里，正喝着另一杯马蒂尼。他神情迷茫，像个孩子。

"你刚才去哪儿了？"他问，"我一直在找你。"

她气坏了。

"我们俩完了。"她说。

"不，说真的，你刚才去哪儿了？"他固执地问。

她哭了起来。

"我要回家。"他做了决定。

她仍然记得新英格兰的那些夏日早晨，那时他们刚刚结婚。窗外，松鼠头朝下顺着高大的树干飞跑，美妙而浓密的大尾巴卷曲着，隐没在树身看不见的那一侧。她记得他们开车去夏日小剧场，途中古老的铁桥，躺卧在牲口房前面宽阔门道上的牛群，收割过的玉米田，缓缓流过的无名河流，美丽静谧的乡村——那时多么幸福。

"你们知道吗，"她说，"玛吉为邦宁着迷。"玛吉是她母亲。事情本应这样开始的。

她起身去再拿些冰块,经过门厅时,她在镜子里瞥见了自己的样子。

"你已经决定了吗,一切都到此为止了?"她回来的时候问道。

"什么意思?"凯瑟琳问。

莱斯莉在她旁边坐下来。她们完全是同一类人,她想。她们是彼此婚礼上的伴娘,她们真的亲密无间。

"我的意思是,你有没有这样过,看着镜子里的自己,说,我没办法再……就是这样。"

"那是什么意思?"

"我是说和男人。"

"你只是还在为邦宁伤心。"

"谁真的需要他们呢?"

"你是在开玩笑吗?"

"你想知道我发现了什么吗?"

"什么?"

"我不知道……"莱斯莉无助地说。

"你本来想要说什么?"

"哦,我有一个理论……就是,如果你不这么做,他们对你可能更念念不忘。"

"或许吧,"凯瑟琳说,"但那又有什么意义呢?"

"这只是我的理论:他们想要分而治之。"

"分割开?"

"差不多吧。"

简酒喝得很少。她身体不舒服。整个下午,她都等着见她的医生,而后出现在不真实的街道上。

她在房间里走走看看,拿起一张莱斯莉和邦宁刚结婚时的照片端详。

"那,接下来邦宁怎么办?"

"谁知道呢?"莱斯莉说。"跟现在一样呗。大概有的女人觉得自己能改变他。我们跳舞吧。我想跳舞。"

她打开 CD 唱机,开始翻找唱片,直到挑出一张喜欢的放进去。片刻沉默后,唱机里突然响起一声没什么规律可言的尖声哀号,实在太吵了。是风笛。

"天啊,"她喊着,"把它关了,它错放在……这张是他的碟子。"

她放进去另一张唱片。一阵低沉、急促的鼓声慢慢弥散在房间里。她开始随着鼓点扭动,然后凯瑟琳也开始跳舞。一个歌手,也可能是几个歌手加入进来,一再重复着相同的词。凯瑟琳停下来,去喝酒。

"不,"莱斯莉说,"不要喝太多酒。"

"为什么?"

"那会影响你的表现。"

"表现什么?"

莱斯莉这时转向简,示意她加入。

"你也来跳啊。"

"不,我真的不……"

"来吧。"

三个女人在催眠般的、节奏分明的歌声里跳舞。就那么一直跳啊跳。最后,简先坐下来。她脸庞湿润,看着她们。女人们在派对上经常一起跳舞,甚至会一个人跳。邦宁会跳舞吗?她想。不,他看起来不像是会跳舞的那种,也不会为此尴尬。或者他喝得太多无法跳舞。但他究竟为什么酗酒?他看起来什么都不在乎,但在他心底,也有可能非常在乎。

莱斯莉在她旁边坐下来。

"我痛恨搬家,"她说,她的头随性地往后靠着,"我还得找个别的地方住，这是最讨厌的一点。"

她抬起头。

"不出两年，邦宁甚至都不会记得我。也许他偶尔会提到'我的前妻'。我想要个孩子。但他不想要。我对他说，我在排卵期，他说，那很好啊。就是这样。我下次会要个孩子。如果还有下次的话。你的胸很美。"她对简说。

简怔住了。她自己从来都没有勇气说这样的话。

"我的已经下垂了。"莱斯莉说。

"那也没什么。"简觉得自己的回答很蠢。

"我要是有钱的话，就会去整点什么。如果你有钱，什么问题都能解决。"

不是这样的。但简只是说：

"有道理。"

她有六万多美金，有她自己攒的，也有的是从同事介绍给她的一家石油公司那儿赚的。如果她想，她可以给自己买辆车，她想到的是一辆保时捷 Boxster。她甚至都不必卖掉石油公司的股票，她可以申请一笔贷款，用三四年的时间还清，这样周末的时候，她就可以开车出游，去乡下，去康涅狄格，去那些海边小镇，麦迪逊，旧莱姆，奈安蒂克，停下来吃午饭，在她的想象中，是在某个外面漆成白色的地方。或许，那里会有一个男人，独自一人，或是和其他人在一起。他不需要从船上掉下来。他当然不是邦宁，但和他有点像，有点嘲讽，有点害羞，是她至今还未能遇到的那个男人。他们会一起吃晚餐，交谈。他们会一起到威尼斯去，这是她一直梦想的旅行，他们会在冬天去，因为冬天那里没什么游客。他们会住在运河上的一个房间里，房间里有他的衬衫、鞋子、半瓶……她懒得去想具体是什么，某种意大利葡萄酒吧，也许还有几本书。夜里，亚得里亚海的气息透过窗户飘进来，她会早早醒来，天还没亮，看到他睡在她旁边，正在轻轻呼吸。

你的胸很美。相当于说"我爱你"。她为此感到温暖。她想告诉莱斯莉一些事，但现在不是恰当的时间，也可能正是时候。这些事，她甚至还没有告诉过自己。

另一首曲子开始，她们又开始跳舞，不时靠近对方身体，双臂轻柔地摆动，交换笑容。凯瑟琳就像是俱乐部里的那些女孩，光彩照人，狂野不羁。她大胆，充满激情。你对她说话她都可能听不到。她一直是那种廉价女神，今后很久也会如此，花了太多钱买她喜欢的东西，一条真丝裙子或裤子，黑色、紧身，但下摆宽大，是简想象中她在威尼斯才会穿的那种衣服。她在大学时没恋爱过——据她所知，她是唯一的一个。她现在觉得遗憾，希望自己那时爱过，并且走进过只有窗户和一张床的房间。

"我得走了。"她说。

"什么？"莱斯莉的声音在音乐中传来。

"我得走了。"

"今晚真好玩儿。"莱斯莉说着，朝她走过来。

她们在门口笨手笨脚地相互拥抱。莱斯莉差点儿摔倒。

"我们早上再聊。"她说。

走到外面，简拦了一辆出租车，车里竟然很干净，她给了司机她在科尼利亚街附近的住址。车子启动，在车流里快速穿行。年轻的司机从后视镜里看到简，她很漂亮，和他年纪相仿，但她在哭。等红灯的时候，街边是一家灯火通明的药店，他能清楚地看见她的眼泪顺着脸滑下来。

"不好意思，出了什么事吗？"他问。

她摇了摇头。但她的样子几乎已经给出了答案。

"是什么呢？"他问。

"没什么，"她说，摇着头，"我快死了。"

"你有什么不舒服吗？"

"不，不是不舒服。我得了癌症，就快死了。"她说。

她听见自己在说话，这是她第一次说出来。一共有四个阶段，而她就在第四个阶段，四期。

"啊，"他说，"你确定吗？"

这个城市里充满了各种奇奇怪怪的人，他不确定她说的是实情还是她自己的想象。

"要我送你去医院吗？"他又问。

"不用。"她说着，哭得止不住。"我还好。"她对他说。

她的脸看上去很动人，尽管流满了泪水。他稍稍抬起头，以便看到别的地方。同样动人。但如果她说的是真的呢？他想。如果上帝，不管是出于什么原因，已经决定了要结束这样一个人的生命呢？你没法知道。他所能理解的只有这么多。

给予
Give

这天是我妻子的生日,三十一岁,我们起得比平时晚。我站在窗前往下看,德斯穿着晨衣,淡色的头发乱蓬蓬的,手里拿着根竹竿。他在格挡,不时挥舞一下发起进攻。六岁的比利在他前面跳来跳去。我能听到他欢快的尖叫。安娜起身来到我身边。

"他们在干什么?"

"不知道。比利在头上挥着什么。"

"我觉得是个苍蝇拍,"她说,"太难以置信了。"

她刚满三十一岁,女人不会再犯蠢但还不至于麻木的年龄。

"看看他,"她说,"怎么可能不爱他呢?"

夏天,草晒成了棕色。他们在草地上跳舞。我注意到德斯光着脚。他今天起得很早。他常常睡到中午，然后从容优雅地融入家庭生活的日常节奏中。这是他的天赋，他能照他喜欢的那样生活，无所顾虑，仿佛他总能以这样或那样的方式抵达他理想的彼岸，中间发生的任何事都不会困扰他，包括几次拘禁，其中一次是因为他在摩尔街上裸体游逛。没有一个精神病医生知道他是谁。他们之中没一个人读过他妈的一页书，他说。但有些病人读过。

当然，他是诗人。他看起来就像是一个诗人，聪敏，颀长。他二十五岁时就获得了耶鲁诗歌奖，从那里起步。你可以想象他的样子：穿着灰色的人字纹夹克，卡其裤，不知何故穿着凉鞋。这一切毫不搭调，但他的很多事情都是如此。他出生在加尔维斯顿，大学时曾参加预备役军官训练，没毕业就结了婚，但那位妻子后来怎么样了，他从未多谈。他真正的生活在那之后才开始，延续至今：在社区学校教课，去希腊和摩洛哥旅行，在那里住了一段时间，精神崩溃过一次，在此期间写出了那首为他赢得声名的诗。

我读过那首诗，至少读过三分之一，我当时站在格林尼治村一家书店里,惊呆了。我记得那个下午,阴沉、静谧,我也记得当时的自己,几乎沉浸在对事物的普通感受,对生活深度的认知(我找不到别的词),但最重要的是,那些连绵的诗句带来的狂欢。它是一首咏叹调,参差错落,没有终止。使它与众不同的是那种语调,仿佛它是从阴影中写出的。"那里是三角洲,还有燃烧的双臂……"诗这样开头,我立即感觉到它写的不是舒展的河流,而是欲望。它缓缓显示出自己的影像,像一场梦,"棕榈叶上跃动的光斑",包含着名字和名词,那不勒斯,经年的长椅,卢克索和国王,萨洛尼卡[1],打在礁石上的细浪。其中有重奏,也有副歌。看似没有关联的诗句逐渐成为某个忏悔的一部分,在它神秘的中心,在八月火辣的热浪里发生了一些事,显然与性有关,但也与得克萨斯乡下空寂的街道、村路,被遗忘的朋友,手拍打在步枪肩带上的"啪嗒"声,游行队伍里软塌塌的三角旗有关。还有避孕套,被阳光晒得脱色的汽车,充斥着拼写错误的污秽菜单,仿佛一座火葬用的柴堆,他

---

[1] Salonika,希腊北部港口城市,塞萨洛尼基的旧称。

的生命就被他摆在这柴堆上。这就是为何他看起来那么纯洁——他已给予一切。每个人说起自己的生活都撒谎，但他不对自己的生活撒谎。他把它变成一首高贵的哀歌，其间贯穿着你曾拥有的，你似乎能一直拥有但永远无法真正拥有的。"那里伫立着厄瑞克透斯，四肢和盔甲熠熠生辉……到我身边来，希腊，我渴望你的爱抚。"

我是在一个派对上遇见他的，只说得出"我读过你那些优美的诗"。他有种出人意料的诚恳，令我印象深刻，同时，他又有种无所畏惧的坦率。交谈中，他提到一两本书的名字，引用其中的内容，好像他认为我必然读过它们，他很机智，但又比机智多了点什么，他说起话来让人愉悦，仿佛灵感神授（我用的是复数的"神"，因为很难想象他会信奉唯一的神）。奇怪的是，最后我们往往谈到彼此都熟悉的某个话题，尽管他总是比我了解得更多些。拉夫卡迪奥·赫恩[1]，他当然知道那是谁，就连他娶的那个日本寡妇和他们居住的小镇的名字他也知

---

[1] Lafcadio Hearn（1850—1904），即小泉八云，爱尔兰裔美国作家，后赴日定居，1896年加入日本国籍，以向西方介绍日本文化而著称，著有《怪谈》《来自东方》等。

道，尽管他自己从未去过日本。阿莱缇[1]，内斯托尔·阿尔门德罗斯[2]，雅克·布雷尔[3]，《劳伦斯维尔的故事》[4]，防疫带[5]，他了解每一件事，包括他最感兴趣的爵士乐，而对于这个，我能谈的不多。《知道答案的人》[6]，比利·加农[7]，达达尼尔海峡，司汤达的《论爱情》，就好像我们上过同样的课，去过同样的城市。比利也在那里，拍打着他的腿。

比利爱他，他们就像是老伙计。他的笑声极富感染力，随时准备开玩儿。和我们住在一起的那段时间里，他用沙发垫摆成船舰，用从车库里翻出来的东西做成剑

---

[1] Arletty（1898—1992），法国女演员，电影作品包括《北方旅馆》《天堂的孩子》等。
[2] Nestor Almendros（1930—1992），最负盛名的现代电影摄影大师之一，1979年凭《天堂之日》斩获奥斯卡最佳摄影奖。
[3] Jacques Brel（1929—1978），比利时歌手、作曲家，作品大部分为法语歌曲，影响了大卫·鲍伊、莱奥纳德·科恩等歌手。
[4] *The Lawrenceville Stories*，欧文·约翰逊的小说，后被改编为剧集。
[5] Cordon sanitaire，原文为法语，最早由法国总理克里蒙梭提出，希望利用第一次世界大战后东欧新生的独立国家来抵御苏联与德国对法国的影响。
[6] "The Answer Man"，美国爵士乐手赫伯·盖勒于1955年录制的同名歌曲。
[7] Billy Cannon（1937—2018），美国橄榄球运动员。

和盾牌。后来他有了辆车,车子的引擎经常熄火,他声称把收音机打开再关上就能解决,因为故障无非就是短路什么的。比利负责控制收音机。

"哦,哦,"德斯会说,"准备,收音机!"

比利就会怀着极大的热情,把收音机打开,关上,再打开,再关上。如何解释为什么这么做有效呢?这就是诗人的力量了,可能甚至是他的魔法。

安娜生日那天,中午有人送来一束插花,美丽的百合和黄玫瑰。那是他送给安娜的。当天晚上,我们在"红吧"和几个朋友一起吃饭,那地方总是很嘈杂,但我们订的桌子是在酒吧区的一个小隔间里。我没有要生日蛋糕,因为之后我们打算回家吃,一个朗姆酒蛋糕,她最喜欢的口味。一个接一个地,她往每支蜡烛上套上指环,每个指环象征一个愿望,比利坐在她腿上。

"你能帮我把它们吹灭吗?"她问比利,脸庞贴近他的头发。

"太多了。"他说。

"上帝啊,你可真会伤女人的心。"

"吹吧。"德斯这时对他说,"如果你的气不够,我可以帮你抓住它,再给你送回去。"

"你要怎么做呢?"

"总之我会。你没听说过有人抓住了他们的呼吸吗?[1]"

"蜡烛要灭了,"安娜说,"快吹,一,二,三!"

他们俩一起把蜡烛吹灭了。比利想知道她许了什么愿,但她不愿说出来。

我们一起吃蛋糕,只有我们四个人。这时我把准备好的礼物送给她,我知道她会喜欢。那是一块腕表,方形、表盘纤薄,缀着罗马数字,表冠上镶了一小颗蓝色的宝石,我觉得是碧玺。没有多少东西能比一块躺在盒子里的新表更迷人。

"啊,杰克,"她喊起来,"这太美了!"

她把它拿给比利看,又给德斯看。

"你在哪里买的?哦,我看到了,卡地亚。"她说。

"是的。"

---

[1] 原文为:Haven't you heard of someone catching their breath? 单词 catch 本身有"抓住"的意思,词组 catch one's breath 意为"喘一口气"或"屏住呼吸"。

"我太喜欢它了。"

我们认识的一个女人,比阿特丽斯·哈格,也有块这样的表,是她母亲留给她的。它有种超越时间和潮流口味的优雅。

找到她喜欢的东西挺容易。我们俩的品味是一致的,从一开始就是如此。否则,你不可能和另一个人共同生活。我从来都觉得这是最重要的一点,尽管人们未必会意识到。或许对他们来说,品味只是着装或裸露的方式,而且品味不是与生俱来的,它是习得的,只是在某种程度上很难改变而已。我们有时会谈到这个话题,什么可以改变,什么无法改变。人们总喜欢说有些东西完全改变了他们,某种经历、一本书或一个人,但如果你之前就认识他们,你会发现他们并没有怎么改变。遇到一个很吸引你但不怎么完美的人时,你也许会相信在婚后可以改变他,不是改变所有,只是其中很少的一些事情,但实际上,你最多能期待改变其中的一点,而那一点最终也可能又回到原来的状态。

那些你最初会忽略的小事,随着时间会变得令人厌烦,但我们有办法应付它,就像倒出钻进鞋子里的小石头。这个办法就是"给予",我们一致同意把它沿用下去。某个口头禅,某种饮食习惯,甚至是一件心爱的衣服,一个给予就是一个舍弃它的要求。你不能要,只能不要什么东西。浴室洗手池的裙边每次用过后要擦干,这是一个给予。安娜喝茶时,端杯子的那只手的小手指不再翘起来,这是一个给予。你可能会想要不止一个给予,因为有时很难选择,但你知道你每年都可以要求你的丈夫或妻子终止一件你不喜欢的事,而不至于引起对方的愤恨,这办法还是让人满意的。

我们哄比利上床睡觉时,德斯还待在楼下。我在厅里,安娜从比利房间出来,一根手指轻按在嘴唇上,关上了灯。

"他睡了?"

"是的。"

"生日快乐。"我说。

"嗯。"

她的语气有点古怪。她站在那儿,头发金黄,脖颈颀长。

"怎么了,亲爱的?"

她没说话。过一会儿才说：

"我需要一个给予。"

"好啊。"我说。

不知道为什么，我感到紧张。

"你要我舍弃什么？"

"我要你停止和德斯那样。"她说。

"那样？什么样？"

我的心狂跳起来。

"停止性交。"她说。

我知道她会这么说。但我希望她说的是别的什么。她的话就像厚重的窗帘猛然坠落，像盘子在地板上摔得粉碎。

"我不知道你在说什么。"

她的脸紧绷着。

"不，你知道，你知道我在说什么。"

"亲爱的，你搞错了。我和德斯之间什么都没有，他是我的朋友，我最亲密的朋友。"

眼泪顺着她的脸滑下来。

"不要哭，"我说，"求你不要哭，你搞错了。"

"我就是想哭,"她说,声音颤抖着,"谁遇到这种事都会哭的,你必须答应我,你必须停止。我们答应过对方。"

"我的天,都是你自己瞎想出来的。"

"求你,"她恳求我,"不要。求求你,不要再那样。"

她擦去脸颊上的泪,那样子就像是在重新打理自己的妆容。

"你要遵守我们之间的许诺,"她说,"你必须给予。"

而有些事情你无法给予,那会让你心碎。她要你给予的是你生命的另一半,是看他取下他的手表、拥抱他、拥有他,是无可描述的喜悦,是与你相爱着的他。没有任何东西能与之相比。在第十二街上我们待的那个小公寓,它后面的花园,《木偶的命运》[1]那令人晕眩的和弦——我们在公寓里偶尔翻到的,然后常常播放它——在我的有生之年,只要这和弦响起,就会把我带回过去,在那里,他微笑着,温柔而从容。

"我和德斯从没干过那种事,"我说,"我向你发誓。"

---

[1] *Petroushka*,俄罗斯著名作曲家斯特拉文斯基创作的一部四幕芭蕾舞剧。

"你向我发誓。"

"对。"

"然后我应该相信你。"

"我向你发誓。"

她别开脸。

"好吧。"她最后说。

我感到喜悦流遍全身。但她接下来说：

"好吧。但他必须离开这儿，这样大家都好。如果你想让我相信你，你就得让他离开。"

"安娜……"

"别再说了，这是我要的证明。"

"你让我怎么跟他说让他走？理由是什么？"

"我不管。你自己去想。"

他那天上午起得很晚，待在厨房里，身上还余留着睡意。安娜已经出门。我的双手在颤抖。

"上午好。"他微笑着说。

"上午好。"

我无法开口提那件事，只能说：

"德斯……"

"怎么了?"

"我不知道该怎么说。"

"关于什么?"

"我们。结束了。"

他仿佛没明白我的意思。

"什么结束了?"

"一切。"我觉得我被从里面撕开了。

"哦,"他温柔地说,"我明白了。大概明白了。发生了什么事?"

"你不能在这里待下去了。"

"安娜。"他猜道。

"是。"

"她知道了。"

"是,我不知道该怎么办。"

"也许我可以和她谈谈,你觉得呢?"

"没有用的,相信我。"

"但我们一直相处得很好。有什么关系呢?让我和她谈谈吧。"

"她不愿意。"我撒了个谎。

"什么时候生的事?"

"昨天晚上。别问我怎么会这样,我不知道。"

他叹了口气。他又说了些什么,但我没有听到。我只能听到自己的心跳声。那天晚些时候,他离开了。

很长一段时间,我都感到不公平。他带给我们的只有快乐,即使只有我一个人能感受到它,也丝毫不会减弱它的意义。我把他的一些照片藏了起来,当然,还有他的诗。就像那些永远无法嫁给心爱男人的女人们一样,我将远远地追随着他。他穿行在岛屿之间,闪闪发光的碧蓝海水从旁流过。伊奥斯岛就在那里,雾霭中白色的岛,据说,那是荷马的安息之地。

铂金
Platinum

从布鲁尔的公寓能看到公园的壮丽风景,冬天荒芜、辽阔,夏天则是一片丰饶的绿色海洋。公寓在一栋优美的建筑里,高而狭窄,想到这一带还有多少其他公寓是件令人欣慰的事,它们平静、庄严,层层叠叠,每一栋都有个不苟言笑的门房和肃穆的入口。珍稀的地毯,仆役,昂贵的家具,布鲁尔在房价高的时候买下了这公寓,花了九十多万,而现在它远不止这价钱,事实上,它是无价的。它有高高的天花板,午后的阳光,宽大的门上带着雕刻精美的黄铜把手。屋里放着扶手椅、鲜花、摆满相框的桌子,墙上挂着很多画,包括挂在通向卧室的走廊上的几幅沃拉尔系列[1]版画,还有一幅极其迷人的卡

---

[1] Vollard Suite,毕加索在1930年至1937年间创作的一百幅新古典主义风格的版画,以他的朋友兼代理商安布鲁瓦茨·沃拉尔的名字命名。

米耶·邦布瓦[1]的暗色系油画。

布鲁尔是那种有不少传闻,但人们对他所知甚少的人。他五十多岁,事业成功。他曾为一些臭名昭著的客户做辩护,此外,也有传闻说他私底下在帮那些没有资源也没有希望的人打官司,不收费用。这些传闻都缺乏细节。他说话时声音柔和,但在他平和的微笑下却隐含着权威和铁的意志。他步行去上班,沿大街走大约一英里,冬天,他穿着羊绒外套,戴围巾。圣诞节时,那些早上对他咕哝一声"早安"的门房每人都会收到五百美金。他是个光鲜体面的人物,就像西塞罗描述的那些种植果园的长者一样,他们可能活不到收获果实的时候,只是出于责任感和对神明的敬重才这样做的,他期望把他知道的最好的东西赠予后人。

他妻子帕斯卡莱是法国人,热情、善解人意。她是他的第二任妻子,她自己之前也结过婚,嫁给了巴黎的一位著名珠宝商。她没有孩子。在布鲁尔看来,她唯一的缺点就是不喜欢做饭。她说,她不可能同时做饭和交

---

[1] Camille Bombois(1883—1970),法国稚拙派画家。

谈。她并不漂亮，但有张聪慧的、有点像亚洲人的脸。她的慷慨大方与良好直觉都是与生俱来的。

"听着，"和布鲁尔结婚时，她对他的女儿们说，"我不是你们的母亲，也永远不可能是，但我希望能和你们做朋友。如果我们能成为朋友，那当然最好，但如果不能，你们仍然可以在任何事情上信赖我。"

那时候，女儿们都还年少。后来的事实证明，她们全都爱她。她们三个和她们的丈夫、孩子每个节假日都来，平常也不时过来和他们共进晚餐，尽管不是每次人都能来齐。他们是一个亲密、彼此挚爱的家庭，布鲁尔一向为此骄傲，特别是在第一次婚姻失败以后。

"你不仅仅是娶了这家的女儿，而是成了整个家庭的一部分，完全属于它。你是家庭中的一员，这里的每个人都属于这个家，这个家也属于每个人。"他的大女儿格蕾丝曾经这么对她丈夫说，

"你现在必须适应一切都是复数的感觉。"

布赖恩·伍德拉娶了家里最小的女儿萨莉。婚礼在一个美丽的夏日举行，草坪上有许多白色椅子和穿着紧身连衣裙的女人。萨莉穿着浆过的白绸婚纱，无袖，宽

肩带，深色头发在线条优美的背上闪动着光泽。她戴了一对有凹槽刻纹的银色耳坠，脸上洋溢着幸福，时而又有种确保一切顺利进行的关切神情。那是张可爱的脸，几乎没有半点匮乏的痕迹，你能立即看出她成长环境的优越。一个纽约女孩，聪明、自信。她是在斯基德莫尔学院读的书，室友是两个色情狂，她总爱提这件事儿，好让听的人吓一跳。

新郎的个头儿并不比她高，略微有点弓形腿，下巴宽阔，脸上挂着胜利者的笑容。他充满活力，人缘很好。他大学乃至预科学校的朋友都赶来参加婚礼，起身讲述有关他的美好回忆，并预测了最糟糕的前景。宣誓的时候，他完全被即将成为他妻子的这个女人的纯洁与美丽慑住了，仿佛它们是第一次向他展现出来。

举办婚礼晚宴的大帐篷里摆放着饰有巨大花束的长桌，到了晚上，里面的灯光亮起来，帐篷慢慢变得通体发光，像一艘巨大缥缈的船，将要在海面上或天空中航行，这很难说。布鲁尔告诉他的新女婿，他，布赖恩，即将得到他在世间所能获得的最大的幸福，当然，他指的是婚姻生活。

作为结婚礼物,他们获赠了一场沿着安纳托利亚海岸追寻奥德修斯航迹的游轮之旅,不到一年,他们的第一个孩子降生了,一个叫莉莉的小女孩,可爱,天性善良。作为母亲,萨莉在完全投入地照顾孩子的同时,也能找到足够的时间让自己放松、娱乐、看电影,陪丈夫和朋友们吃饭。他们的公寓有点背阴,但她没想过要永远住在那儿。格蕾丝和她的丈夫、两个孩子就住在十个街区之外,伊娃,排在姊妹们中间的那个,嫁给了一位雕塑家,住在市中心一带。

莉莉非常甜美。从一开始,她就喜欢和爸爸妈妈睡在一张床上,她尤其喜欢爸爸,三岁的时候,她就会满怀爱意地对他耳语:

"我想成为你的。"

两年后,为了补偿被新生的弟弟夺走的关注,布赖恩带莉莉去巴黎玩了五天,只有他们俩。回想起来,在她的童年时光里,那是他最珍爱的一段。她的举止完全像是一位女士,一个伴侣。她太过可爱。他们在酒店房间里吃早餐,一起写明信片,乘着长长的箭船在塞纳河上和桥下来回穿梭,他们步行去飞禽市场和博物馆,凡尔赛宫。一天下午,乘坐协和广场附近的巨型摩天轮,他们升到城市上空,高得惊人,连布赖恩都心生恐惧。

"你喜欢吗?"他问她。

"我正在努力。"她说。

没有人比你更勇敢,他心想。

白日将尽,光线刚刚暗淡下去,他感到疲倦。在酒店里,靠近前台那里,一对加拿大夫妇正在等出租车。莉莉盯着电梯的指示灯,它显示电梯在五楼停留了很久。

"电梯坏了吗,爸爸?"

"不,只是有些人比较慢。"

他能听到那对夫妇的交谈。那女人金发,额头光洁,穿着一件闪闪发光的银色上衣。他们正要出门夜游,走进光流、林荫道和人声喧哗的餐馆里。他们起身离开,他瞥见她头发的光泽,为她打开的出租车的门,有一瞬间,他竟然忘了他已经拥有一切。

"下来了,"他听见女儿喊他,"爸爸,电梯下来了。"

四月下旬,迈克尔·布鲁尔的五十八岁生日。他自己要求生日礼物只要吃的喝的,但伊娃的丈夫德尔为他雕刻了一只精美的木头海鸟,没有上漆,鸟腿像麦秆一样纤细。布鲁尔深受感动。

布赖恩在厨房做菜。到处都很吵闹。孩子们在玩儿游戏,惹得那条老苏格兰梗犬非常烦躁。

"不要吓她!不要吓她。"他们大声喊着。

布赖恩正在做意大利烩饭,要领是每次加入少量温热的肉汤,持续地慢慢搅拌,受雇来帮忙的一个女孩被吸引住了。

"马上就好。"他喊道。他能听到家人嘈杂的说话声,狗的叫声,还有欢笑。

那个穿着白衬衫和天鹅绒裤子的女孩正着迷地看着。他用木勺子盛了一点烩饭。

"想尝尝吗?"他问。

"想,亲爱的。"她说。

"嘘。"他做了个开玩笑的手势。她不看他,用嘴唇接过那点米饭。她的名字是帕梅拉,在"联合酒店"工作,并不是真正的餐饮服务员。她和另一个女孩都是被雇来帮忙的钟点工。

她走进联合酒店的酒吧时,布赖恩看到了她的双腿,她在他身旁微笑着坐下来,完全放松。他自己刚才很紧张，但现在感觉好多了。从第一刻起，他就感到置身于惊心动魄而又自然的共谋关系中。他的心充溢着兴奋，像帆一样鼓胀起来。

"呃，"他开口了，"帕梅拉……"

"叫我帕姆。"

"你想喝点什么吗？"

"你的是白葡萄酒吗？"

"是的。"

"很好。白葡萄酒。"

她二十二岁，来自宾夕法尼亚州，但身上有种罕见而自然的优美。

"我必须说，你……"他说着，突然拘谨起来。

"什么？"

"非常漂亮。"

"噢，我不知道。"

"毋庸置疑。只是好奇，"他说，"你大概有多重？"

"一百一十六磅。"

"我觉得也是。"

"真的吗？"

"不，但你说什么我都会信。"

她告诉他们她有个看医生的预约，午餐时间需要延长。她是这么对他说的。当她走进酒店的电梯，他无法不去注意她美丽的臀部。然后，令人难以相信的是，他们已经在房间里了。他的心狂跳不止，一切都像是为他们准备好了：时髦的家具，靠椅，浴室里厚厚的干净毛巾。就在前一天晚上，布鲁克林发生了四起谋杀案。华尔街上的股票经纪人在发狂。在第十四街，人们在严寒里站在摆满手表和袜子的桌子旁边。在五十七街，疯子在用他最高的声音唱着咏叹调。旧的建筑被推倒，新的大厦升起。她起身拉开落地窗帘，有那么一会儿，她站在窗帘之间的缝隙里，在光芒中俯视着下面的城市。她是那么光彩照人，那么新异！他从未见过像她这样的人。

她住的公寓是从某个被外派的朋友那里借来的。即便如此，公寓里也几乎没什么陈设。每次见面，他都想带给她一件礼物，某个出乎意料的东西：一把他事先带她看过橱窗陈列然后才订购、递送给她的镀铬皮椅子，一枚戒指，一个玫瑰木盒，但他自己谨慎地从不保留她的任何东西——便条、电邮、照片——所有可能让他暴露的东西。只有一个例外,是某次她从床上半坐起时他拍的一张照片,从她赤裸的肩膀、乳房、光滑的小腹和大腿,别人不可能认出她是谁。他把照片夹在办公室里的一本书当中。他喜欢翻看它,回想那个瞬间。

那些日子里,欲望如此深沉,让他双腿无力,但在自己家里,他并没有什么不自然的表现——如果说有的话,那就是更多的爱和投入,尽管,尤其是对莉莉,他已经爱得无以复加。他带着那种禁忌的喜悦,禁忌但无与伦比的喜悦回到家,拥抱他的妻子,和孩子们一起玩耍,或是为他们念书。禁忌的爱满足了他所有未被填满的欲望,他怀着一颗纯洁的心,从一个人的身边来到另一个人的身边。在公园大道上,他站在街心岛等着穿过马路。在他的视线范围里,交通灯变红了。阴沉的雾霭中,远处的建筑物雄伟矗立。他身边是那些穿西装戴帽子的人,拿着手提袋或是公文包,没有一个人像他这么幸运。这个城市是个天堂。它的荣光在于它庇护着他奇妙的生活。

"我算是你的情妇吗?"有一天,她问他。

"情妇?"不,他想,那是属于过去的词,甚至过时了。他想不到有什么词能真正地描述她,而不是说他可能栽进去了,或者是他的命运。

"你妻子什么样?"她问。

"我妻子?"

"你不愿意提起她。"

"不,你会喜欢她的。"

"那我运气可真好。"

"她不太像你那样懂得如何生活。"

"我不懂如何生活。"

"不,你懂。"

"我可不这么觉得。"

"你身上有些很多人没有的东西。"

"是什么?"

"真正的敏感。"

那天晚上,当他回到家,他妻子说:

"布赖恩,我们谈一谈,我有事需要问你。"

他感到心猛地沉下去。孩子们正迎着他跑过来:

"爸爸!"

"爸爸和我有事要谈。"萨莉对他们说。

她带着他走进客厅。

"怎么了？"他尽可能镇定地问。

结果是格蕾斯和哈利想要在八月带着他们的孩子过来，在园丁小屋里住两个星期，那时莉莉会参加过夜夏令营，本来也可以为伊恩做些安排，这样萨莉和布赖恩就可以有点自己的时间，现在看来是不可能了。

她继续说着，但布赖恩几乎没有听进去。他的耳中还在回响她刚才说的第一句话，让他无比惊惧。他正在心里排练如何答复一个要严重得多的问题。他要告诉她真相，可以这样做吗？真相必不可少，但它也是人最不想要的。

"我们应该喝点什么再谈，"他会说，"我们应该先冷静下来再谈。"

"我不可能冷静。"

他只得用某种方式拖延一会儿，直到她恢复到她平常的状态，聪明，善解人意。他会试着谈论某种观念性的东西。

"用最简单的英语说。"

"我无法用直白的英语来说。"

"试试看。"她说。

"这种事有时会发生，你是个聪明的女人。你了解这个世界。"

"是的，告诉我怎么回事。"

他的嘴巴垂下来，一边的嘴角发颤。

"是有这么一个人，但这并不重要。你难道看不出它并不重要吗？"

"离开这儿，"她说，"再也不要回来。别想再见到孩子，我不会让你见他们的。我会立即换锁。"

"萨莉，你不能那样做，那样我会活不下去的。求求你，不要冲动。那不是我们应该过的生活。"他开始语塞，"没有什么解决不了的问题。你非常了解帕斯卡莱以前也是你父亲的情妇，我不会去猜他们那种关系维持了多久。"

"他们结婚了。"

"那不重要。"

他变得结巴。

"那什么重要？"

"重要的是存在着一种更高的生活方式，我们得有足够的智慧才能理解它。"

"就是你还有别的女人?"

"不要说得这么刻薄,请你别这样。一般的生活只是每个人在扮演自己的角色,但我们是高于那种生活的。你知道这个。"

"我只知道你是个骗子。"

"我不是骗子。"

"爸爸会杀了你的。"

他再也找不到措辞。他能想出的一切都会被她那颗简单的心撕碎。但他们永远不会走到这一步。

此外,帕梅拉也有她自己的生活,那是唯一的瑕疵。她经常夜里出去参加派对。来访团里的某些突尼斯人很不错。

"真的吗?"他问。

她告诉他,她夜里去四季酒店参加了一个派对,第二天早晨走路去上班,鞋子里塞着一张千元美钞,尽管这一点她并没有说出来。有一个突尼斯人尤其可爱。

"他们很爱玩儿。"她说。

"你变成了一个寻欢女郎,"布赖恩有点酸涩地说,

"我怎么知道你没有和这些家伙鬼混？"

"你会知道的。"

"也许我会。那么你告诉我真相好吗？他叫什么名字？"

"塔希尔。"

"我希望你不会。"

"我不会的。"她说。

六月，萨莉和孩子们去乡下消夏。一周里的大部分时间，布赖恩都自己待在城里。

"我能有幸和你见个面吗？"他问。

他们一起吃晚餐，在充满活力的喧闹的人群中享受两个人的私密。他扫视了餐馆里的大部分客人，确信她是这里的犒赏。

"我们会做长久的朋友。"她承诺说。

夏日早晨，充溢着初升的柔和光线。爱情的早晨，红色的数字在时钟上静静晃动，第一道阳光照在树梢。她赤裸的背美得惊人。他意识到，这是他生命中最神圣的时刻。

一天早上穿衣服时，她突然问：

"这是谁的？"

床头柜上一个折叠起来的小纸包里放着一对发光的耳坠。

"是你妻子的吗?"

她戴上其中一只,将它扣紧。她来回转动着头,打量着镜子里的自己。

"这是什么的?银的?"

"铂金。比银更好些。"

"是你妻子的。"

"拿去修了,我刚把它们取回来。"

很难不倾慕她,她光裸的脖颈,她的沉静。

"我可以借用一下吗?"她问。

"我不能借给你。她知道我应该已经把它取回来了。"

"就说还没有修好。"

"亲爱的……"

"我会还的。你是在担心这个吗?我只戴一次,这是她的东西,但这一刻是我的。"

"这听起来非常的贝蒂·戴维斯[1]。"

---

[1] Bette Davis(1908—1989),美国女演员,两度荣获奥斯卡最佳女主角奖,以性格直爽、火爆而著称。

铂金

"谁?"

"小心点,别弄丢了。"他只好说。

那天是星期二。两个晚上之后,可怕的事发生了。有个印象派艺术爱好者组织的招待会,帕斯卡莱是支持者之一,但她当晚不在城里,无法参加活动。萨莉坚持让布赖恩去,当他在人流中走上楼梯,一眼就看到了帕梅拉,他的心被嫉妒狠狠地刺了一下,由于这对他来说完全是个意外,刺痛就更加强烈。他朝她站的地方挤过去,想看看她和谁在一起。

"嗨,你这么急着去哪儿?"

眼前是德尔,他的连襟。

"你这段时间躲到哪里去了?"

"躲?"

"好几个星期没见到你了。"

布赖恩喜欢德尔,但他现在没空理会他。

"结束以后,不如和我们一起吃晚餐?"

"不行。"布赖恩不假思索地回答。

"来吧,我们打算去 Elio's,"德尔坚持说,"看看这些女人。她们都是从哪儿冒出来的?我单身那会儿她们可都不在。"

布赖恩几乎没听到他在说什么。他的目光越过德尔，看到不到十五英尺外的窗边，帕梅拉正在和迈克尔·布鲁尔说话，不仅仅是相互问候，而是某种交谈。她穿一件浅蓝色的裙子，是他喜爱的那条，背部裁得很低。她的黑头发扎了起来，他能清楚地看到，她戴着那对耳坠。不会错的。他的心跳得厉害，他挪动了一下位置，以免被他们看到。终于，布鲁尔离开了。

"亲爱的，你一定是疯了。"他走到她身边说，声音低沉、愤怒。

"你好啊。"她欢快地说。

她的声音里总是有股生命力。

"你究竟在干什么？"他紧咬不放。

"你指的是什么？"

"那对耳坠！"

"我戴上了。"她说。

"你不该戴。刚才那个人是我的岳父，这对耳坠是他买的！他买来送给萨莉的！你为什么要戴着它们跑到这里来？"

他尽可能压低声音，但近处的人都能听到其中的焦躁。

"我怎么会知道？"她说。

"上帝，我就知道不应该把它借给你。"

"哦，把这见鬼的耳坠拿走吧。"她说，突然恼怒了。

"别这样。"

她把耳坠取下来。这是他第一次看到她发火，他突然害怕了，害怕被她厌弃。

"求你别这样。该生气的人是我。"他说。

她把耳坠塞到他手里。

"对，"她说，"他看到耳坠了"然后，带着令人惊讶的镇定，"但你不用担心，他什么都不会说的。"

"什么意思？你为什么这么确定？"答案像突发的疾病一样把他击倒了。

"不用担心，他不会。"她说。

有人递给她一杯酒。

"谢谢，"她平静地说，"这是布赖恩，我的一位朋友。布赖恩，这是塔希尔。"

那天晚上，她不接电话。第二天，他的岳父打电话来约他一起吃午餐，说有重要的事情谈。

他们在布鲁尔喜欢的一家注重服务礼仪、顾客欧化的餐馆里碰面。餐馆离他的办公室很近。布赖恩走进来的时候，布鲁尔正在看菜单。布鲁尔抬眼朝他看过去，无框眼镜的反光让人看不清他的眼睛。

"我很高兴你能来。"他说，然后继续看菜单。

布赖恩竭力试着也去看菜单。他提到昨天晚上没有机会上前打招呼。

"昨天晚上我发现的那件事让我深感困扰。"布鲁尔说，好像没听到布赖恩说了什么。

侍应生站在旁边，报着菜单上没有写的一些菜。布赖恩在酝酿他的回答，但他们点完菜以后，布鲁尔接着刚才的话说下去。

"你的表现根本不配当我女儿的丈夫。"他说。

"我不知道你有什么立场来说这样的话。"布赖恩说。

"请不要打断我。让我说完。之后你会有机会说话的。我发现你和一个年轻女人有染——相信我，我很清楚其中的细节——如果你的妻子和家庭在你心里还有那么一点价值的话，我得说你已经快要把它毁了。如果萨莉知道这件事,我确信她会离开你,并且保留孩子们的监护权,我会帮她做到的。幸运的是,她还不知道,所以还有可能避免一切变成灾难,如果你做了你应该做的事。"

暂时的停顿。布赖恩像是被问了一个令人困惑的问题,而答案是他理应知道的。他思绪纷飞,但他抓不住它们。

"是什么?"他问,尽管他知道是什么。

"你离开那个女孩,永远不要再见她。"

那个肩膀柔腻的美丽女孩。

"你呢?"布赖恩尽可能平静地问。

布鲁尔没有理会他的问题。

"否则,"布鲁尔接着说,"萨莉将不得不被告知真相,虽然我很不喜欢这样。"

尽管布赖恩极力控制自己,但他的下巴仍在发抖。他不仅感到屈辱,还妒火中烧。他岳父似乎占据了所有的优势。他那双保养良好的手抚摸过她,他那衰老的身体曾压在她的身体上。已经上了一些菜,但布赖恩没动叉子。

"萨莉不会是唯一知道这件事的人,不是吗?帕斯卡莱也会知道所有的事情。"他说。

"如果你的意思是把我牵涉进去,我只能说那么做没有用,而且很蠢。"

"但你否认不了。"布赖恩生硬地说。

"我当然能否认。你如果那么做,只会被认为是恼羞成怒而污蔑别人。我保证,没有一个人会相信你。最重要的是,帕梅拉会站在我这一边。"

"多么令人难以相信,多么自大的话。不,她肯定不会。"

"她会的。我已经都处理好了。"

他不能再见她,不能和她说话,没有解释或任何告别。

"我不相信。"布赖恩说。

他没再待下去。他推开椅子,摘下餐巾放在桌子上,起身告辞。布鲁尔自己继续吃午餐,并吩咐侍应生取消另一份餐。

那对耳坠还在他口袋里。他把它们拿出来,摆在面前,试着给她打电话。他听见她的语音提示:我不在办公桌前。请留言。他挂断电话。他感到难以忍受的焦灼，每分钟都变得难熬。他想去她的办公室找她，但又觉得在那里无法交谈。她不在她的桌前，而是在别人的办公室里。就连想到这个都让他不悦、嫉妒。他想起酒店里的那间酒吧，她来和他会面，穿着黑色短裙和高跟鞋，洁白的脖子上戴着不透明的蓝色项链。和布鲁尔在一起只可能是龌龊事，那个低沉声音给予的建议，沙发上笨拙的动作。就她而言，除了顺从又能如何？他又打了个电话，那天下午，他接连打了三四个电话，留言说有重要事情，让她回电。

六点钟，他总算开始往家走。这样的夜晚，就像是某场精彩演出即将开演，而每个人都有自己的角色。窗户里亮着灯光，街边的餐馆渐渐坐满了人，在公园里玩耍过后的孩子们在往家狂奔，到处是幸福的许诺。电梯里有个抱着一大束鲜花的漂亮女人，应该是楼上的，他没认出来是谁。她的目光避开他。

他麻木地走进自家公寓，感到可怕的空虚。家具沉默地伫立。厨房冰冷，似乎从未被用过。他漫无目的地到处走，最后重重地坐进了一张沙发椅。六点三十分。

他想，她现在应该已经到家了。但她不在。夜色漫进房间，他给自己倒了杯酒，坐在那里一点点地喝着，想着，或者不如说是让无助的感觉更深地、不可逆转地啃啮他的心。他打开了几盏灯，又给她打了个电话。

这种痛苦让人无法忍受。她被惹恼了，但肯定只是暂时的。不会是那样。她只是被布鲁尔恐吓了。她不是那么容易被吓倒的人。他又倒了一杯酒，继续给她打电话。十点过后的某个时间，她终于接了，他的心怦怦直跳。

"啊，上帝，"他说，"我一整天都在给你打电话。你去哪儿了？我发疯一样地想和你说话。我不得不和布鲁尔一起吃午餐，简直让人恶心。我最后离开了。他跟你谈过了吗？"

"是的。"她说。

"我担心的就是这个。他都说了什么？"

"不是你想的那样。"

"当然是我想的那样。他威胁你了。听着，我现在就过来。"

"不，不行。"

铂金

"那你到我这里来。"

"我不能。"她说。

"你当然能。你能做任何你想做的事。我感觉糟透了。他想阻止我和你联系。听我说,亲爱的,要解决这个问题可能需要一点时间。我们可能得撒几个小谎。但你知道我爱你爱得发疯,你知道对我来说没有任何人比你更重要。无论他说什么,这都不会有所改变。"

"我想也是这样。"

突然,他察觉到什么,一条罅隙,一道裂缝。他预感到某种难以忍受的事即将发生。

"不是你想也是。你知道的。告诉我实话。你和他之间的事是什么时候发生的?我只是想知道。在和我之前?"

"我现在不想谈这个。"她说。

"告诉我。"

他以前未想到的东西蓦地跳出来。他突然明白了她为什么这么犹豫不决。

"那就告诉我一件事,"他说,"他还想继续和你见面吗?"

"不。"

"这是真话吗?你告诉我的是真话?"

她旁边那张椅上坐着塔希尔,像位君主一样叉着双腿,脸上带着不耐烦的神情。

"是的,是真的。"她说

"我还不知道该怎么解决,但肯定有办法。"布赖恩向她保证。

塔希尔只能听到她这边说了什么,不知道她是在和谁通话,但他轻轻扬了扬下巴,示意她结束通话。帕姆轻轻点头表示同意。塔希尔不喝酒,但他给予她一种强烈的幻觉:深色皮肤,洁白的牙,一股简直像是长在他衣服上的奇特香水味儿。他还给予她露天市场上的房间,有着难以想象的奇妙城市景观,那些蓝得浓郁的夜,那些仿佛游离于熟知的那个世界之外的早晨。她想布赖恩是她会记住的一个人,也许她会经常想起他。

塔希尔又做了个略显烦躁的动作。对他来说,一切才刚刚开始。

棕榈阁
Palm Court

下午晚些时候,临近收盘,他的助理肯尼用掌心按住话筒,告诉他是一个叫诺琳的人打来的。

"她说你认识她。"

"诺琳?我来接,"阿瑟说,"马上来。"

他起身关上隔间的门,坐下来,转向窗户那边,把自己和背后正在进行的一切——一群群的操盘手正盯着他们眼前的屏幕,同时打着电话,里面还有少数几个女人,这在过去是没法想象的——隔开,但隔着玻璃还是可以看见他。他开口时感到心跳加速。

"你好。"

"阿瑟?"

这个词和一阵颤栗流遍他全身,那种紧张的喜悦,就像突然听见老师叫到自己的名字。

"我是诺琳。"她说。

"诺琳,你还好吗?天啊,都这么久了。你在哪儿?"

"我就在这儿。我现在又搬回来住了。"她说。

"别开玩笑。怎么回事儿?"

"我们分开了。"

"太糟糕了,"他说,"我很遗憾。"

他听起来总是充满诚意,即便只是一句最平淡无奇的评论。

"那是个错误。"她说,"我不该犯这样的错误,我早就该知道。"

他办公桌周围的地板上堆满了纸张、报告和满是数据的年度总结。但那并不是他的强项。他喜欢和人交谈,他可以整天整天地交谈、讲故事。他为人诚恳的美名在外。他把那些老派男人当成榜样,那些早已经离世的男人,例如亨利·比弗,帕齐·米林格的父亲,他是公司的合伙人,而且在战前就是了。奥纳西斯[1]也曾是他的客

---

[1] 指"希腊船王"亚里士多德·苏格拉底·奥纳西斯。

户。比弗在这一行里具有国际声誉,此外,他对真东西有种敏锐的直觉。阿瑟没有这种直觉,但他善于交谈和聆听。这个行业里有各种各样赚钱的方式。他的方式是找到一两个大赢家,他们或许也会暂时亏钱,但总能双倍赢回来。他每天都和他的客户们交谈。

"马克,好久不见[1],你怎么样?你要是人在这儿就好了。Micronics的数据出来了。人们都哭了。还好我们够聪明,没参与。亲爱的,你知道吗?有些非常聪明的家伙这次完全栽了。"他压低声音,"莫里斯,比如说。"

"莫里斯?他们应该给他来一针,让他去睡觉好了。"

"这次他有点太自作聪明了。从大萧条活过来也帮不上他的忙。"

莫里斯的办公桌在复印机旁边,一张礼节性的小桌。他过去曾是公司合伙人,但他退休后无事可做——他讨厌佛罗里达,也不打高尔夫球,所以他又回到公司,为自己做交易。单是他的年龄就把他和其他人隔开了。他就像一件老旧的遗物,装了一口完美的假牙,和他年迈

---

[1] 原文为日语。

的妻子生活在一个琥珀般的世界里。他们全都拿他开玩笑。时光像是把他孤身一人放逐到了那张桌子旁和公园大道上的一个公寓里，从没有人去过那个公寓。

莫里斯在 Micronics 的投资里赔得很惨。谁也不清楚他到底赔了多少。那个难堪的数字是他的秘密。但阿瑟从玛丽那儿听说了，她是个没什么女人味儿的女人，做交易清算的。

"十万。"她说，"不要说出去。"

"别担心，亲爱的。"阿瑟对她说。

阿瑟什么都知道，他整天都在打电话。那是永远不可能结束的交谈：八卦、感情、新闻。他长得有点像邦齐，弯曲的鼻梁，翘起的下巴，笑容天真。他总显得兴高采烈，但知道限度在哪里。他加入弗拉克曼和韦尔斯时，公司只有七个雇员，现在则有近两百个，占据了这座大厦里的三层。他自己也变得富有，远远超乎他的预期，尽管他的生活本身并没有什么改变，他仍旧住在那个叫"伦敦露台"的公寓里。在 Goldie's 餐馆里第一次遇见诺琳时，他就住在那里。她做了很少有女孩会对他做的事：她笑了，在他旁边坐下来。从第一刻起，他们之间就有着这样的坦荡。诺琳。回荡的钢琴声，老歌，往昔的喧哗。

"我离婚了。"她说，"你怎么样？"

"我？还是老样子。"他说。

下面的街道上充斥着匆忙的行人和汽车。传来微弱的喧闹。

"真的？"她问。

他已经很多年没跟她说过话了。曾经有段时间，他们俩密不可分。每天晚上，他们在Goldie's碰面，或者在Clarke's，另一家他经常光顾的餐馆。他们总会给他安排一张好桌子，在有侧门的中间部分，或者在人群中最靠里的地方，挨着粉笔写的从不更改的菜单。有时候他们站在有些磨损的长吧台前面，吧台上挂着一块告示牌："女士止步。"餐馆经理、酒保、侍应生，每个人都认识他。Clarke's是他真正的家，除了这里他几乎从没在其他地方过夜。他经常出现，但酒喝得不多。不过，他每次都会买酒，在酒吧区待上几个小时，不时走上几步去洗手间。洗手间是个独立的亭子，狭长、老式，在那里，你得像个大公一样踩在冰块上撒尿。来Clarke's的有广告人、模特、他这样的人，夜里晚些时候，还会有换了岗的警察来。他教诺琳如何辨认他们：黑鞋白袜。诺琳喜欢这里。她的美貌和笑容让她成了这里的宠儿。侍应生都直接称呼她的名字。

尽管她母亲是希腊人，诺琳却有一头深色的金发。她的家庭来自希腊北部，那里有很多人是金发。当年，越来越多的日耳曼人加入罗马军团，罗马陷落后，军团的残部在希腊的山区地带定居下来，至少她是这样听说的。

"所以，我是希腊人，但我也是德国人。"她告诉阿瑟。

"天啊，我希望你不是。"他说，"我不能和德国人在一起。"

"你是什么意思？"

"至少不能被人看见。"

"阿瑟，"她解释说，"你必须接受事情本来的样子：我是什么，你是什么，为什么我们会这么好。"

有些事她想告诉他，但还是没有说，那是他不想听到的事，至少她认为是这样。譬如，她还是个年轻女孩时在圣乔治酒店度过的那个夜晚,那时她十九岁,和一个她认为非常好的男人上了楼。他们去了他老板的套房。老板不在,他们喝着他十二年的苏格兰威士忌,接下来她记得的事就是她面朝下躺在床上、双手被绑在背后。那是一个和阿瑟完全不同的世界。阿瑟文雅、宽容、温暖。

他们在一起差不多三年,那是最好的年头。他们几乎每天晚上都见面。她对他的工作了如指掌。他能让它听起来非常有趣,那些狂热的人,合伙人,巴迪·弗拉克曼,沃伦·森德。还有莫里斯,她有一次甚至在电梯里遇到了真实的他。

"你看起来很棒。"她大方地跟他打招呼。

"你也是。"他微笑着说。

他不知道她是谁,但过了一会儿,他朝她探过身,低声说:

"八十七。"

"真的吗?"

"是的。"他骄傲地说。

"真看不出来。"

她还知道有一天阿瑟和巴迪吃完午餐回来，看到莫里斯躺在大街上，白衬衫上沾满了血。他不小心摔倒了，有两三个过路人想要扶他起来。

"不要看，继续走。"阿瑟当时说。

"他可真幸运，有你这样的朋友。"诺琳说。

她在格雷广告公司工作，这使他们见面很容易。每次见她都让他充满喜悦，即便在他们彼此熟悉以后。她二十五岁，充满生机。那年夏天，他看到她身穿比基尼。她美得惊人，皮肤散发着光泽。她毫不羞涩地袒露着年轻女孩的腹部，径直跑进海浪里。他则小心翼翼地走进大海，对于他这样一个在部队里当过打字员、在服装厂当过销售员、最终来到他宁可分文不取也想要去的那个所谓的"华尔街"的人来说，这是较为相称的方式。

波浪、海洋，白得令人目眩的沙。他们在西汉普顿度周末。火车上的座位坐满了，穿着T恤衫、胸肌发达的年轻男人们站在过道里开玩笑。诺琳坐在他身边，她身上的快乐像热一样散发出来。她在衬衫外面戴着条细细的金项链，上面坠着一个硬币大小的金十字架。他以前没有注意到。他正要说点什么，火车突然剧烈颠簸，而后缓慢地停下来。

"怎么回事儿？发生了什么？"

火车没有进站，而是沿着一道低矮的路堤停下来，周围杂草丛生。过了一会儿，消息传来，火车撞上了一个骑自行车的人。

"在哪里？怎么可能？"阿瑟说，"我们是在森林里啊。"

没有人知道更多消息。大家充满疑惑：他们是不是应该下车，想办法叫出租车？但他们目前究竟是在什么地方？各种各样的猜测。一些人真的下车了，从火车旁边走过去。

"老天，我就知道会发生这种事。"阿瑟说。

"这种事？"诺琳说，"怎么会有这种事？"

"我们撞到过一头牛。"一个坐在他们对面的男人搭话说。

"牛？我们还撞过一头牛？"阿瑟叫道。

"就在几个星期以前。"那个男人解释说。

那天晚上，诺琳教他怎么吃龙虾。

"要是被我母亲知道，她宁愿去死。"阿瑟说。

"她怎么会知道？"

"她会和我断绝关系。"

"从钳子这里开始。"诺琳说。

她已经把餐巾塞进他的领口。他们啜饮着意大利葡萄酒。

西汉普顿。她晒成棕色的腿和白皙的脚跟。她让他觉得自己变年轻了,上帝保佑,甚至是无忧无虑的感觉。而他自己也变成一个好玩的人。在海滩上,他戴着椰子壳做的帽子。他已经坠入爱河,深深地,但他自己一无所觉。在此以前,他从未意识到他曾经过的是一种肤浅的生活。他只知道在她的陪伴下,他很快乐,比以往都快乐。直到这个温暖的女孩到来,她修长的腿、她的香水,还有她那双愿意倾听的完美小巧的耳朵。她竟然也喜欢他!他们那时在森德家做客,他住在地下室的一个房间里,她住在楼上,但他们在同一个屋檐下,而且他每天早上都能见到她。

"你打算什么时候娶她?"每个人都问他。

"她不会要我的。"他敷衍地说。

后来,她会不经意地提起她在和别人约会。有点像开玩笑似的,她告诉他那人叫博比·皮罗,长得矮壮敦实，和他妈妈住在一起，没有结过婚。

"他应该是黑头发，很有光泽。"阿瑟猜测说，一副知情识趣的样子。

他不得不假装轻松，诺琳也一样。她谈起博比时喜欢拿他来取笑，还有他的两兄弟，丹尼斯和保罗，他想去拉斯维加斯，他母亲做的维苏威火焰炖鸡——辛纳屈[1]的最爱……

"维苏威火焰炖鸡。"阿瑟说。

"味道很不错。"

"所以你已经见了他母亲。"

"她说我太瘦了。"

"听起来跟我母亲一样。你确定她是意大利人？"

他看得出她喜欢那个博比，至少是有点喜欢。但他还是很难把博比当成什么重要人物。他只是他俩的谈资。博比想带她外出共度周末。

"去欧里庇得斯？"阿瑟说，他的胃里突然开始翻江倒海。

---

[1] Frank Sinatra (1915—1998)，美国著名歌手、演员及主持人。

"没那么好。"

没有什么欧里庇得斯酒店,那只是他们俩喜欢开的一个玩笑,因为他不知道欧里庇得斯是谁。

"不要让他带你去欧里庇得斯。"他说。

"不会的。那可是希腊的地盘,"她说,"对我们希腊人来说。"

后来,十月里的一个深夜,他听到门铃响了。

"谁?"阿瑟问。

"是我。"

他打开门。她站在门口,在他看来,她笑得有些犹疑。

"我可以进来吗?"

"当然,当然可以,好久不见[1]。快进来。怎么了?是不是出了什么事儿?"

"没什么事,真的。我只是想我应该……过来。"

厅里很干净,但有点沉闷。他从不在厅里坐着,哪怕是读本书。他就像个推销员一样,只在卧室里过活。

---

[1] 原文为日语。

窗帘已经很久没洗过。

"坐这儿吧。"他说。

她走起路有点小心翼翼。他看得出她喝了酒。她走到一张椅子那儿坐下来。

"你需要点什么吗？咖啡？我去煮点咖啡。"

她环顾四周。

"你知道，我从未来过你这儿。这是第一次。"

"这不是什么好住处，我想我能找个更好点的地方。"

"那边是卧室？"

"是的。"他说。但她的目光已经移去了别的地方。

"我只是想和你谈谈。"

"当然可以，关于什么？"

他知道，或者说他害怕是他知道的那样。

"我们认识很久了。多久？三年？"

他觉得紧张。这种漫无目的的交谈。他不想让她失望。但另一方面，他不清楚她究竟想要什么。他？现在？

"你非常聪明。"她说。

"我？啊，老天，不会。"

"你能理解别人。你真的能煮点咖啡吗？我想喝一杯。"

他忙着准备咖啡时，她安静地坐着。他瞥了她一眼，看到她正凝视着窗外，外面是其他公寓里的灯光，以及没有星光的夜空。

"所以，"她说，手握住咖啡杯，"给我点建议。博比想和我结婚。"

阿瑟沉默不语。

"他想娶我。以前我对和他的关系没那么认真，总是拿他开玩笑，笑他太意大利了，笑他咧嘴大笑，原因是他那时还在和一个丹麦女孩来往。她的名字叫奥德。"

"我察觉到一些。"

"你察觉到什么？"

"哦，我能感觉到哪里有点不对劲。"

"我从没见过她。我猜她很漂亮，有好听的口音。你知道一个人会怎样自我折磨。"

"啊，诺琳，"他说，"没人比你更好。"

"不管怎样，他昨天告诉我他已经和她分开了。全都结束了。他是因为我才这么做的。他发觉我才是他爱的人,所以他想要和我结婚。"

"好吧,那……"

阿瑟不知道要说什么;他思绪纷乱,像风中飞散的纸片。婚礼仪式上有那么一个可怕时刻,牧师会问有没有人认为那两个人不应该结婚。就是这样的时刻。

"你怎么回答的?"

"我还没有答应他。"

出现了一道鸿沟,就在他俩坐在那儿的时候。

"你对此有什么感受吗?"她问他。

"是的,我是说,我得想一想。这件事相当意外。"

"对我来说也是。"

她没碰她的咖啡。

"你知道吗,我可以在这里坐上很久,"她说,"这里是让我感到最舒适的地方。那就是为什么我不能确定该怎么回答他。

"我有点害怕,"他说,"我……说不上来。"

"当然。"她的声音里充满理解,"真的,我明白。"

"你的咖啡快凉了。"他说。

"不管怎样,我只是想来看看你住的地方。"她说。

她的声音突然听起来很滑稽。显然，她不想再谈下去。

他后来意识到，当她坐在那里，当一个女人，一个他了解而且爱着的女人，深夜待在他的公寓里，她其实是在给他最后一次机会。他知道他应该抓住它。

"啊，诺琳。"他说。

那夜以后，她消失了。不是突然消失，但也没过多久。她嫁给了博比。对他来说，那就和死亡一样简单，只是持续更久。它似乎永远不会消失，她总在他的思绪里徘徊不去。他也同样存在于她的思绪里吗？他不知道。她还有他仍有的那种感觉吗，哪怕只是一点？时间似乎没让它变淡。她住在新泽西的某个地方，他想象不到的某个地方。她可能有了一个家庭。她想到过他吗？啊，诺琳。

她没有变。从她声音里他能听得出，她仍和过去一样，仿佛只对着他一个人说话。

"你大概有了孩子。"他假装随意地说。

"他不想要孩子。这是我们之间的问题之一。不过，就像他经常说的，那都是过去的事[1]了。你不知道我离婚了？"

"不知道。"

"我和玛丽多少还有些联系，直到她退休。她会告诉我你的情况。你非常成功。"

"真没有。"

"我知道你会成功的。我很想再见到你。我们多久没见了？"

"天啊，太久了。"

"你后来又去过西汉普顿吗？"

"没有，很多年没去了。"

"Goldie's呢？"

"已经关门了。"

"我猜到了。过去那些日子真好。"

和她交谈还是那么轻松。他又看见她美好动人的笑容，蕴含着幸福，她轻快的步伐。

"我很想见你。"她又说。

---

[1] 原文为意大利语。

他们约好在广场酒店见,她明天会去那一带。

不到五点,他已经走在第五大道上了。被奇妙的命运握在手上,他有点忐忑,但心里却很柔软。酒店就在眼前,宏伟、微微发白,他走上宽阔的台阶。他看到摆着宽大桌子和鲜花的门厅,听到人们交谈的声音。他仿佛是个动物,能察觉到任何一点微弱的声音,辨别出杯子和勺子交碰的声音。

开满粉红色花朵的花箱,顶部镀金的高柱子,在拥挤的棕榈阁里,透过一块玻璃板,他看见她坐在一张椅子上。一时间,他不敢肯定那就是她。随后他离开了。她看到他了吗?

他无法走过去。他转身离开,顺着走廊去了洗手间。他看着全身镜中的自己,想看看自己是否也变了那么多时,一个穿黑裤子和条纹马甲的老男人,是酒店的服务员,递给他一块毛巾。他在镜子里看到了一个五十五岁的男人,还是他看惯的那张科尼岛人的脸,有些滑稽,相当和善。不会比这更糟了。他递给服务员一美金小费,然后走进棕榈阁,在那里,在人声嘈杂的桌子、仿造的枝形烛台和明晃晃的穹顶之中,诺琳在等着。他挂上他惯有的忠厚微笑。

"阿瑟,上帝啊,你看起来还是和以前一样。你一点都没变,"她热情洋溢地说,"我希望我能这么说。"

难以相信,她老了二十岁。她发胖了,从她脸上都能看出来。而她曾是最漂亮的女孩。

"你看起来很棒,"他说,"无论走在哪儿,我都能一眼认出你。"

"生活对你太仁慈了。"她说。

"好吧,我确实没什么好抱怨的。"

"我想我也是。大家都怎么样?"

"你指的是?"

"莫里斯?"

"他过世了。五六年前的事儿了。"

"真让人难过。"

"他离开前,他们给他准备了一顿丰盛的晚餐,他笑容满面。"

"你知道,我一直非常想和你说话,我想打电话给你,但总是被那些离婚的杂事缠住。无论如何,我终于自由了。我当时应该听你的建议的。"

"什么建议?"

"不要嫁给他。"她说。

"我说的?"

"没有,但我看得出你不喜欢他。"

"我是嫉妒他。"

"真的?"

"当然。我的意思是,让我们面对现实。"

她对他笑了。

"是不是很有意思,"她说,"和你在一起五分钟,感觉就好像过去的那些事都没有发生过一样。"

他注意到她的衣服,甚至她的衣服也在遮蔽过去的她。

"爱情永存。"他说。

"你这样认为?"

"你知道的。"

"听着,你要一起吃晚餐吗?"

"啊,甜心,"他说,"我很想,但我不能。不知你是否知道,我已经订婚了。"

"哦,祝贺你,"她说,"我不知道。"

他不知道自己为什么会这么说。他一辈子都没说过这个词。

"真是好消息，"她直截了当地说，带着理解的微笑，使他确信她已经看穿了他，但他真的没法想象再和她一起走进Clarke's，像一对老夫老妻，来自往昔。

"我觉得是时候定下来了。"他说。

"那当然。"

她没有看他，而是凝视着自己的手。而后她又笑了。他觉得她原谅了他。她一向能理解他。

他们又聊了一会儿，但谈的东西不多。

踩着已经磨损的马赛克瓷砖，他从同一个门厅离开，迎着走进来的人。外面还有亮光，夜晚来临以前的纯净的光，落日余晖被千百扇窗户反照向对面的公园。女孩们穿着高跟鞋走在街上，独自或结伴而行，那么多的女孩，像当年的诺琳一样年轻。他们并不会真的去找个时间共进午餐。他想着充满他生命最隐秘中心的那份爱，想到他再也不可能遇到她那样一个人。不知是被什么触动，他在大街上泪流满面。

曼谷
Bangkok

霍利斯坐在桌子后面。卡罗尔进来时,他正在桌上书堆间的一个空隙里写着什么。

"你好。"她说。

"哦,看看谁来了,"他冷冷地说,"你好。"

她穿着灰毛衣、紧身裙,她一向很会穿衣服。

"你没收到我的信息吗?"她问他。

"收到了。"

"可你没有给我回电话。"

"没有。"

"你不打算打?"

"当然不打。"他说。

他看起来比上次见面时更宽大了,头发该剪了,都快长到肩膀了。

"我来过你的公寓,但你不在。我和帕姆聊了聊,她是叫帕姆,对吧?"

"是。"

"我和她聊了聊,不是很久。她看起来不怎么喜欢聊天。她害羞吗?"

"不。她不害羞。"

"我问了她一个问题。你想知道是什么吗?"

"不怎么想。"他说。

他身子向后靠着。他的夹克搭在那张椅子的靠背上,他的袖子卷起来。她注意到他戴着一块圆形手表,棕色的皮质表带。

"我问她你还是喜欢让女人给你口吗。"

"出去,"他说,用一种命令的语气,"现在就走,滚出去。"

"她没有回答。"卡罗尔说。

有那么一瞬间,想到事情的后果让他害怕,甚至有点负罪感。但另一方面,他并不相信她说的话。

"那么,你还喜欢吗?"

"离开这儿，拜托，可以吗？"他克制地说。他做了个赶人的手势，"我没开玩笑。"

"我不会在这儿待很久的，就几分钟。我想见你，仅此而已。你为什么不给我回个电话？"

她身材高挑，有个纯血贵族般的优雅鼻子。一个人真实的模样往往并不是你记忆中的样子。有一次，午餐后很久，她从一家餐馆走出来，走下台阶，她的丝绸连衣裙紧裹着臀部，风又吹得它贴在她的腿上。那些下午，他总是回想起这一幕。

她在对面一张皮椅子上坐下来，有点犹豫地微微一笑。

"你这地方很舒适。"

这里称得上舒适，花园楼层有两个房间，面对着一小块草坪和其他水泥房子的背面，尽管只有一扇窗户，地板也有些磨损。他销售精美的书籍和手稿，最主要的是信件，对于他这种规模的经销商来说，他的存货实在太多了。做了十年的服装零售后，他总算找到了自己真正的生活。房间的挑高很高，塞满了的书柜直抵天花板，地上放着一些相框，斜靠在书架上。

"克里斯，"她说，"告诉我，那天黛安娜·瓦尔德请我们在她妈妈家吃午饭，我们当时拍的那张照片在哪儿？就是在那些旧汽车做成的假山上照的那张，你还留着吗？"

"我肯定已经弄丢了。"

"我很想要那张照片。一张很棒的照片。那是我们的好时候，"她说，"你还记得我们的船屋吗？"

"当然。"

"不知道你记得的东西跟我记得的一不一样。"

"那就难说了。"他声音低沉，很有说服力。他的声音里有股自信，也许是过多的自信。

"那张台球桌，你还记得吗？还有窗边的床？"

他没回答。她从桌上拿起一本书翻看：e.e. 卡明斯，《巨大的房间》，外封页下端少许磨损，标题页有极小污渍，其他状况非常好。第一版。书的价格用铅笔标注在扉页上端的边角处。她随意地翻着书。

"这本书里有你特别喜欢的一个人。是谁来着？"

"让-勒内格尔。"

"噢，想起来了。"

"至今无可超越。"他说。

"不知道为什么,这让我想到艾伦·巴伦。你和他还有联系吗?他出过什么书吗?他总是给我讲密宗瑜伽,还想演示给我看。"

"那他演示了吗?"

"开什么玩笑。"

她细长的手指翻过书页。

"他们老是谈论密宗瑜伽,"她接着说,"或者在你面前谈论他们那根大家伙。当然,你就不会这么做。所以,说起来,帕姆怎么样?我看不出来。她幸福吗?"

"她很幸福。"

"那真不错。你现在有个小姑娘,我又忘了,她几岁了?"

"她叫克洛艾。六岁了。"

"哦,这么大了。在这个年龄,她们已经明白很多事了,不是吗?她们明白也不明白,"她说着,合上书,把它放下,"她们的身体很纯洁。克洛艾的身体好看吧?"

"你会愿意为她做任何事。"他随意地说。

"完美的小身体。我能想象得出。你会给她洗澡吗?

我打赌你会的。你是个模范父亲，每个小女孩都应该有你这样一个好父亲。我好奇她再长大一点以后你该怎么办？当男孩们开始围着她转的时候。"

"不会有那么多男孩围着她转。"

"啊，看在上帝的分儿上，他们当然会。他们会围着她，激动得发抖。你知道的。她会长出胸部，还有新生的、柔软的阴毛。"

"你知道吗，卡罗尔，你真恶心。"

"你不喜欢这么想罢了。但她会变成一个女人的，你知道的，一个年轻女人。你应该记得在那个年纪，你对年轻女人是什么感觉。这过程不会因为你而停下来。它会继续下去，而她是它的一部分，完美的肉体。顺便问一下，帕姆的怎么样？

"你的怎么样？"

"你看不出来吗？"

"我没注意。"

"你还有性生活吗？"她随便地问。

"偶尔。"

"我没有。很少。"

"这可真有点令人难以置信。"

"总是不尽如人意,这就是问题所在。它既不是我们过去那个状态,也不是它应有的状态。你现在多大了?你看起来比以前胖了。你健身吗?你去不去桑拿房,低头看看你自己?"

"我没有时间。"

"好吧,假设你有多余的时间。如果有空,你就会去桑拿房,冲个凉,换上干净衣服,接下来看看时间,如果去 Odeon 不会太早的话,就到那里喝一杯,看看周围有没有什么女孩。你会让酒保给她们送杯酒,或是直接走过去和她们搭讪,问她们晚餐怎么打算,接下来有没有什么计划。就是那么容易。你一向喜欢漂亮的牙齿。你喜欢纤细的手臂、修长的腿,还有,怎么说呢,漂亮的胸部,不一定要很大。你还喜欢把她们的手绑起来吗?你以前喜欢这样,你想搞清楚她们是否愿意被你绑住手,这会让你兴奋。告诉我,克里斯,你爱过我吗?"

"爱你?"他向后靠在椅背上。第一次,她感觉到他现在大概比以前喝得更多,从他的脸上就能看出来。"那时候,我每分钟都在想你。你做的一切我都爱。我喜欢你，你对我来说是全新的，你所做的、所说的，都是全新的。你无与伦比。和你在一起，我觉得我的人生中什么都有了，一个人所能梦想拥有的一切东西。我崇拜你。"

"跟对别的女人不一样？"

"就连稍微类似的都没有。我本来会一直迷恋你的。你就是我想要的。"

"帕姆呢？你对她没胃口？"

"有一点。但帕姆和你不一样。"

"在哪些方面？"

"帕姆不会把这一切照单全收，再随便送给别的什么人。我出差后提前回家，不会看到一张你和别的男人刚在上面度过愉快时光的乱糟糟的床。"

"并不是那么愉快。"

"那太遗憾了。"

"远非什么'愉快'。"

"既然如此，你为什么那么做？

"我不知道。我只是有股愚蠢的冲动，想去试试别的。我不知道所谓真正的幸福，就是能一直拥有某些同样的东西。"

她注视着自己的手。他又注意到那些纤细灵活的手指。

"不是吗?"她冷冷地问。

"别这么让人讨厌。对于真正的幸福,你又知道些什么?"

"哦,我拥有过。"

"真的?"

"真的,"她说,"和你在一起时。"

他看着她。她没把那本书还给他,也没笑。

"我要去曼谷,"她说,"应该说是先去香港。你有没有住过那里的半岛酒店?"

"我从没去过香港。"

"据说它在任何地方都是最好的酒店,柏林、巴黎、东京。"

"好吧,我无从得知。"

"你住过酒店。还记得在威尼斯时剧院旁边那家小旅馆吗?街上的水一直漫到你的膝盖?"

"我还有很多工作要做,卡罗尔。"

"噢,别这样。"

"我要做生意。"

"那本e.e.卡明斯的书多少钱?"她说,"我买了,这样你可以休息几分钟。"

"那本书已经卖出去了。"

"但价钱还写在上面。"

他轻轻耸了下肩。

"回答我威尼斯的问题。"她说。

"我记得那家旅馆。现在让我们说再见吧。"

"我要和一位朋友一起去曼谷。"

他感到心里有个幽灵跳了下,虽然非常轻微。

"很好。"他说。

"莫莉,你会喜欢她的。"

"莫莉。"

"我们会一起去。你知道爸爸已经去世了。"

"我不知道这件事。"

"一年前。他死了。所以我的忧虑也消除了。那是种不错的感觉。"

"我猜是。我喜欢你父亲。"

他一直在石油界，善于交际，有着一些他自己会坦然承认的偏见。他穿昂贵的西装，离过两次婚，但从不会让自己孤单。

"我们打算在曼谷住上几个月，最后大概从欧洲回来。"卡罗尔说，"莫莉是个非常有型的人。她是舞蹈演员。帕姆呢，她是老师还是什么？好吧，你爱帕姆，你也会爱莫莉的。你不认识她，但你会认识她的。"她停了一下。"你干吗不和我们一起去呢？"她说。

霍利斯微微一笑。

"可以共同享用她，是吗？"他说。

"你不必和谁共享。"

他知道，她是在挖苦他。

"就这么抛下我的家庭和生意？"

"高更就是这么做的。"

"我比他还多了一点责任感。或许你会这么做吧。"

"如果要选的话，"她说，"在生活和……"

"什么？"

"在生活和一种虚假的生活之间。不要装得你好像不理解似的。没有人比你更能理解这些了。"

他感到一阵无法抑制的怨愤。狩猎游戏结束了，他想。都已经结束了。他听见她还在说着。

"旅行。东方。另一个世界的空气。沐浴，畅饮，阅读……"

"你和我。"

"还有莫莉。作为礼物。"

"哦，我不知道。她长得怎么样？"

"她很漂亮，你还有什么不满意的呢？我会亲手为你把她脱光。"

"告诉你一件有趣的事，"霍利斯说，"是我听来的。据说，宇宙里的每一样东西，星球，所有的星系，所有这一切，整个宇宙，全都来自一个米粒大的东西，它发生了爆炸，形成我们今天看到的这些，太阳，星辰，地球，海洋，每一样事物，包括我对你的感觉。在哈德逊大街上的那个早晨，坐在阳光里，跷着脚，心满意足，我们聊着天，彼此相爱——我知道我已经拥有生活所能给予我的一切。"

"你那样觉得？"

"当然。每个人都会。我记得这一切，但我现在感觉不到。已经过去了。"

"真让人难过。"

"我现在拥有了更多。我有一个我爱的妻子，还有孩子。"

"太俗套了，不是吗？'我爱的妻子'。"

"这是事实。"

"所以你憧憬着今后很多年共同生活的狂喜？"

"不是狂喜。"

"你是对的。"

"人不可能每天都狂喜。"

"是不能，但你可以有同样美妙的东西，"她说，"那就是对它的期望。"

"很好。去追求它吧，你和你的莫莉。"

"我会想你的，克里斯，在曼谷，在我们住的河边的房子里。"

"哦，不必费心了。"

"我会想着夜里躺在床上的那个快要闷死的你。"

"住嘴吧，看在上帝的分儿上，让我安静会儿，这样没准儿我还能喜欢你一点。"

"我不想让你喜欢我。"她低语,"我想让你诅咒我。"

"那就这样。"他说。

"多甜蜜啊,"她说,"小小的家,可爱的书。那好吧。你错过了你的机会。再见。回去给她洗个澡,你的小女孩,在你还能给她洗澡的时候。"

从走廊里,她最后看了他一眼。他能听到她的高跟鞋走过前厅。他听到它经过那些展示书架往门口走去,在那里仿佛迟疑了一会儿,然后,门关上了。

房间在漂浮,他无法集中精神。往昔像潮水般突然而至,席卷过他的全身,不是真实的往昔,而是他忍不住去回忆的往昔。最好是继续投入工作。他知道她的皮肤摸起来的感觉,丝一般光滑。他就不该听她说那些话。

他在柔软、静默的键盘上敲下:杰克·凯鲁亚克,签名打印信件("杰克"),1页,致女友,诗人洛伊丝·索雷尔斯,单倍行距,铅笔签名,轻微折痕。这不是虚假的生活。

阿灵顿
Arlington

纽厄尔和一个捷克女孩结了婚,他们之间出了问题,经常酗酒、争吵。这事发生在凯撒斯劳滕,他们被同一栋楼的邻居们投诉了。代理副官韦斯特维尔特被派去解决问题,他和纽厄尔曾是同班同学,尽管纽厄尔是那种不大会被人记得的同学。他很内向,不怎么和人交往。他长相古怪,额头高高凸起,一双浅色的眼睛。他妻子雅娜嘴角微微下垂,有一对漂亮的乳房。韦斯特维尔特之前并不认识她,但他一眼就认出了她是什么样的人。

韦斯特维尔特去时,纽厄尔正在客厅里。他对韦斯特维尔特的来访并不感到意外。

"我想我得和你聊聊。"韦斯特维尔特说。

纽厄尔轻轻点了下头。

"你妻子在吗?"

"我想她在厨房里。"

"虽说不关我的事儿,但你们两个是不是出了什么问题?"

纽厄尔似乎在考虑什么。

"没什么大不了的。"他最后说。

在厨房里,那位捷克妻子脱掉了鞋子,正在涂脚指甲。韦斯特维尔特进来时,她只抬头瞥了他一眼。他看到了那张富有异国情调的欧洲人的嘴巴。

"不知我们能不能聊一会儿?"

"聊什么?"她问。厨房的桌台上放着没吃完的食物和没洗的餐具。

"你可以到客厅来一下吗?"

她没答话。

"只需要几分钟。"

她专注地盯着她的脚,不理会他。韦斯特维尔特和他的三个姐妹一起长大,他在女人面前毫不拘束。他碰了碰她的胳膊肘,示意她出去,但她迅速闪开了。

"你是谁?"她说。

韦斯特维尔特回到客厅，像兄弟一样和纽厄尔交谈。他告诉纽厄尔，如果他和妻子继续这样下去，肯定会危及他的职业生涯。

纽厄尔想向韦斯特维尔特倾吐。但他沉默地坐在那儿，开不了口。他无助地爱着这个女人。她打扮起来的时候，就是那么美丽。如果你在 Wienerstube 看到他们俩在一起，看到他那圆鼓鼓的白额头在灯光里发亮，而她坐在他对面抽着香烟，你会诧异他是怎么把她弄到手的。她粗暴无礼，但也有不这样的时候。当你把手放在她赤裸的背上，你就像拥有了渴求的一切。

"是什么让她感到困扰？"韦斯特维尔特问。

"她过去过得很糟糕，"纽厄尔说，"但一切会好起来的。"

他们又谈了些别的什么，但韦斯特维尔特都记不起来了。后来发生的事把它抹去了。

有段时间，纽厄尔因临时任务被派去别的地方。他妻子没有朋友，觉得无聊。她去看电影，在镇上四处游荡。她还到军官俱乐部里，坐在那里的酒吧喝酒。星期六她待在那里，裸着肩，酒吧要关门的时候她仍在那儿，一个人喝酒。打理俱乐部的军官达迪上尉注意到她，问她是否需要别人开车送她回家。他告诉她再等几分钟，等他关好店。

早晨，在灰色的光线中，达迪的车仍停在营房外。雅娜能看到，别的人也都能看到。她转过身摇醒他，告诉他他必须离开。

"现在几点？"

"我不管几点。你现在必须离开。"她说。

然后她去了军警局，报告说她被强奸了。

在他漫长而又令人羡慕的职业生涯中，韦斯特维尔特就像个小说中的人物。在波来古[1]附近的象草丛中，他的一条眉弓被迫击炮弹的碎片划了一条很宽的伤口，再低上半英寸或再深上一点，就会使他失明或丧命。但这个事故所有的影响不过是令他的相貌更加鲜明。他在那不勒斯驻防时，和当地一个女人有段长期的恋情，她是位侯爵夫人。只要他肯辞职和她结婚，无论他要什么她

---

[1] Pleiku，越南中部城市。

都会满足他。他甚至可以有个情妇。这只是他的轶事之一。女人们都喜欢他。最后,他娶了个来自圣安东尼奥的离婚女人,那女人带着一个孩子。他们后来又生了两个。他五十八岁时死于某种奇怪的白血病,发病初期,就像脖子上生了奇怪的疹子。

殡仪馆里很拥挤,一个普普通通的房间,贴着红色的壁纸,摆放着长凳。有人在致悼词,但站在走廊上的人们很难听清。

"你能听到他在说什么吗?"

"没人能听到。"站在纽厄尔面前的那个男人说。他发现说话的是布雷西,布雷西的头发也白了。

"你去墓地吗?"纽厄尔在仪式结束后问布雷西。

"你可以搭我的车。"布雷西告诉他。

他们开车穿过亚历山德里亚,车里坐满了人。

"这边有个教堂,是乔治·华盛顿当总统时经常去的教堂。"布雷西说。过了一会儿,他又说,"这里是罗伯特·爱德华·李将军少年时代的家。"

布雷西和他妻子住在亚历山德里亚的一栋白墙板房子里,房子有条狭窄的前廊,挂着黑色百叶窗。

"让我们越过河流到树荫下休息,这话是谁说的?"他问大家。

没有人回答。纽厄尔感到其他人对他不屑一顾。他们都把目光移开,看着车窗外。

"有人知道吗?"布雷西说,"是李最伟大的战术指挥官。"

"被他自己的人射杀了。"纽厄尔用几乎听不见的声音说。

"一个失误。"

"在钱斯勒斯维尔,黄昏时分。"

"那地方离这里不远,大概三十英里,"布雷西说,"这在军事史上史无前例。"他瞥了一眼后视镜:"可你怎么会知道这些?你在军事史里是个什么角色?"

纽厄尔没说话。

没有人说话。

长长的车队缓慢地移动,进入墓园。已经停好车的人们走在车流旁边。这里的墓碑之多超乎人的想象。

布雷西伸出一只手臂,对着某个地方挥了下,说了句什么,纽厄尔没听到。布雷西刚才说的是"蒂尔就葬在那边"，蒂尔是一位荣誉勋章得主。

他们和许多其他人一起走着，在幽幽的音乐声中往终点走去。乐声仿佛来自古老的河流，终点的那条河，摆渡人就等在那里。乐队的人穿着深蓝色制服，聚在一个小谷地里。他们在演奏《车轮》，载我回家……不远处就是坟墓，绿色防水布下的新鲜泥土。

纽厄尔像是在梦游。他认识周围的人，但并不真的了解他们。他在一块墓碑那儿停下来，那里埋葬着韦斯特维尔特的父亲和母亲，他们的死亡相隔三十年，最后葬在一起。

前行的队伍很长，纽厄尔觉得他又认出了一些人。一面厚厚的、折起来的旗被交给了韦斯特维尔特的遗孀和孩子们。人们拿着黄色的长茎花，从棺木前走过，有家人，也有其他人。纽厄尔一时冲动，也跟着他们走过去。

枪队在致鸣枪礼。一支军号吹响悠长的丧葬号音，清脆、纯净，声音在山丘间远远回荡。那些退休的将军、上校们肃穆站立，一只手捂在胸口上。他们曾在各个地方服役，但没有人像纽厄尔一样在监狱里待过。经调查，

阿灵顿

他妻子对达迪的强奸指控被撤销了。在韦斯特维尔特的帮助下，纽厄尔被调去了别的地方，以便他重新开始。后来，雅娜在捷克斯洛伐克的父母急需帮助，当时还是个中尉的纽厄尔帮她搞到了钱，寄给了她的父母。她对他真心感激。

"啊，我的天，我爱你！"她说。

她全身赤裸地跨坐在他身上，爱抚着自己的臀部，他近乎晕眩地躺在那儿，她开始骑着他扭动。那是他永远忘不了的一夜。后来，他被指控贩卖从军需处拿走的无线电通信设备。在军事法庭上，他沉默不语。他只希望他出现在这里时别穿着那身军装，它就像荆棘的王冠。为了拥有她，他出卖了他的军装、银杠肩章和班级戒指。在向法庭申请宽大处理并担保其人格的三封信中，有一封出自韦斯特维尔特。

虽然刑期只有一年，但雅娜没有等他。她跟一个叫罗德里格斯的男人走了，那人开了几家美容院。她说，她还年轻。

纽厄尔后来娶的女人对此一无所知，或者说几乎一无所知。她的年龄比他大，有两个已经成年的孩子，她的脚不好，只能走很短一段路，例如从停车场走到超市。她知道他曾在军队里服役——有一些他穿军装的照片，多年前照的。

"这是你，"她说，"你那时是什么？"

纽厄尔没有和其他人一起走回去，他没有理由这么做。这里是阿灵顿，他们最终都会躺在这里，做最后一次集合。他几乎能听到副官那遥远的号令声。他沿着他们来时的那条路继续往前走。马蹄声最初微弱，但慢慢变得节奏清晰，三个背部笔挺的骑手和六匹黑马的马队走近，刚才拉着棺木的沉箱现在空了，巨大的辐条车轮沉沉地碾过路面。骑手们戴着黑帽子，没有朝他看一眼。密集的墓碑连成一片不间断的线，沿着山坡逶迤向下，直到那条河边，在他看来，它们都一样高，只有这里那里间或有块大一点的灰色碑石，像行军队伍里骑在马上的军官。在暗淡下去的天光里，他们仿佛在等待，宿命般的，列队等待一次伟大的进攻。有那么一会儿，想到所有这些死者，这个国家的历史，以及它的人民，令他心里升起一种崇高的感觉。葬于阿灵顿是种殊荣。他永远不可能长眠在这里，他很久以前就已经放弃。他也永远不会再有和雅娜一起度过的那种日子。他记住了那时候的她，那么年轻窈窕的她。他忠于她，尽管这只是单方面的，但也已经足够。

最后，当他们全都站起来，手捂在胸口上，纽厄尔独自站在另一边，坚定地敬礼，满怀忠诚，一如既往像个傻瓜。

昨夜
Last Night

沃尔特·萨奇是个翻译家。他喜欢用一支绿色墨水笔写字,每写完一句话,他都习惯性地把笔微微向空中扬起,这使他的手看起来像是某种机械装置。他可以用俄语背诵布洛克[1]的诗行,而后给出里尔克的德文翻译,阐释译文之美。他还算好说话,但有时也很暴躁,刚开口时会有点结巴。他和妻子住在一起,按照他们喜欢的方式生活。但他的妻子玛莉特病了。

他和苏珊娜坐在那里,她是他们家的朋友。终于,他们听到玛莉特走下楼梯,来到厅里。她穿着一件红色丝绸连衣裙,她穿这件衣服时总是很诱人,衬着她松软

---

[1] 指亚历山大·布洛克(1880—1921),俄国诗人、剧作家,俄国象征主义的代表人物。

的胸部、顺滑的黑发。在她衣橱那些白色铁丝筐里，堆着一摞摞叠好的衣服：内衣、运动装、睡衣，鞋子散乱地扔在下面的地板上。她再也用不着的东西。还有那些珠宝：手链、项链，装在一个漆盒里的她所有的戒指。她仔细地把漆盒里的戒指翻了一遍，从中挑选出几枚。她不想让她变得瘦骨嶙峋的手指都光着。

"你看上去真……真漂亮。"她丈夫说。

"我感觉像是第一次去约会。你们在喝酒吗？"

"是的。"

"给我也来一杯。多放点冰。"她说。

她坐了下来。

"我没有力气，"她说，"这是最糟糕的地方。精力都耗尽了，再也不会回来。我甚至不想起床走动。"

"那一定很难受。"苏珊娜说。

"你体会不到的。"

沃尔特回来了，拿着一杯酒，递给妻子。

"啊，愉快的日子。"她说。然后，像是突然想起来似的，她对他们笑了一下。让人不寒而栗的笑，似乎意味着某种相反的东西。

他们最终选定了这个夜晚。冰箱里的一个小茶碟上放着注射器。里面的东西是她的医生提供的。但如果可以，她想先来上一场告别晚餐。不应该只有他们俩，玛莉特说。她直觉如此。他们邀请了苏珊娜，而不是某些更亲近的、充满悲痛的亲友，譬如玛莉特的姐姐，她们俩也处得不好，或是相识更久的朋友。苏珊娜比他们年轻。她有张宽脸，额头高而纯净。她看起来像是教授或银行家的女儿，稍微有点出格。脏女孩儿，他们的一位朋友这样评价她，语气中不无赞赏。

苏珊娜穿着短裙坐在那儿，已经有些紧张了。很难装作他们只是去吃个普通的晚餐，很难这样冷眼旁观，轻松自如。她是在暮色降临时来到这里的。这栋窗户明亮的房子——似乎每个房间的灯都亮着——让它从周围那些房子里脱颖而出，仿佛里面正进行着某种欢乐的庆典。

玛莉特凝视着屋子里的东西：装在银色相框里的照片，台灯，有关超现实主义、园景设计或者乡村别墅的大开本书籍，她一直都想坐下来读读它们，还有靠椅，甚至那块褪了色的美丽地毯。她注视着这一切，像是不知怎么注意到了，尽管实际上它什么意义也没有。有意义的是苏珊娜的长发和活力，但她不确定那究竟是什么。

你会想带走某些回忆，她想，有些甚至早在认识沃尔特之前，她还是个小姑娘的时候。家，不是这个，而是最初的那个家，摆放着她童年时代的小床，透过那扇落地窗她曾看过多年前的冬天那漩涡般的暴风雪，父亲俯身对她说晚安，在灯光里，母亲伸着一只手腕，想要扣上她的手链。

那个家。其余的就没那么浓烈了。其余的就像是一部长篇小说，如同生活本身，你不假思索地翻过，然后某一天早晨，你发现它结束了：带着血迹。

"我真是喝了不少。"玛莉特说。

"酒吗？"苏珊娜说。

"是的。"

"这些年来，你是说。"

"是，这些年来。现在几点了？"

"七点四十五。"她丈夫说。

"我们该出发了吗？"

"你想什么时候去都行，"他说，"不用赶时间。"

"我不想赶时间。"

其实,她都不怎么想去。去那里就意味着更近一步。

"我们预定的是几点?"她问。

"我们想几点就几点。"

"那我们走吧。"

刚开始是在子宫,然后转移到了肺。最后,她接受了它。裙子方形的领口上,她苍白的皮肤似乎要滋生出黑暗。她已经不再像她自己。过去的她已经消失,从她自己身上被夺走了。这种转变很可怕,尤其是她的脸上。她将带着现在这张脸走进死亡世界,去见那些已经在那里的人们。沃尔特很难想起她过去的样子。她和那个他曾庄严宣誓要与之共渡难关的女人判若两人。

他们开车去餐馆的路上,苏珊娜坐在后座。街道空空荡荡。他们经过的房子楼下亮着浮动的蓝色灯光。玛莉特无声地坐着。她感到悲伤,但也有些困惑。她在想象明天的一切,她将无法亲眼看到的明天。她想象不出。难以想象明天这个世界仍然还在。

在酒店里,他们在酒吧区附近等着。酒吧里很嘈杂。没穿外套的男人,大声说笑的女孩,那些还什么都不懂的女孩。墙上挂着大幅的法国海报，旧的平版画，装在深色框子里。

"没有我们认识的人。"玛莉特说。"很幸运。"她又补充道。

但沃尔特看见了他们认识的一对爱说话的夫妻，艾普瑟尔夫妇。

"别朝那边看，"他说，"他们没有看见我们。我去别的房间找张桌子。"

"他们看到我们了吗？"他们一坐下来玛莉特就问道，"我不想和任何人聊天。"

"不用担心。"他说。

侍应生系着白围裙，打着黑色领结。他递给他们菜单和酒单。

"我可以喝点酒吗？"

"当然可以。"沃尔特说。

他正在看酒单，上面的酒大致按价格从低到高排列。酒单上有瓶标价五百七十五美金的"白马"[1]。

---

[1] Cheval Blanc，全称 Château Cheval Blanc，白马酒庄，位于法国波尔多地区圣埃美隆，是波尔多地区历史悠久的顶级酒庄。

"白马你们有吗?"

"1989年的?"侍应生问。

"给我们来一瓶。"

"白马是什么?白葡萄酒吗?"侍应生离开后,苏珊娜问。

"不,是红酒。"沃尔特说。

"你看,今晚和我们一起过来还不错吧,"玛莉特对苏珊娜说,"这是个特殊的夜晚。"

"是的。"

"我们平时可不太会叫这么好的酒。"她解释说。

他们俩常常来这里用餐,通常坐在靠近酒吧区的位置,面对着一排排闪闪发光的瓶子。他们从没叫过三十五块以上的酒。

她感觉怎么样,等待的时候沃尔特问。她觉得还好吗?

"我不知道如何描述我的感觉。我用了吗啡,"玛莉特对苏珊娜说,"它正在发挥作用,但是……"她停了一下,"有些罪可真不是人受的。"

晚餐相当沉默。很难随意交谈。但他们喝了两瓶酒。

沃尔特忍不住想，他再也无法喝得这么尽兴。他把第二瓶最后的一点酒倒进苏珊娜的杯子里。

"不，应该给你喝的，"她说，"这是你喜欢的。"

"他已经喝得够多了，"玛莉特说，"这个酒很好，不是吗？"

"太棒了。"

"它会让你意识到存在着一些事物……哦，我不知道怎么说，各种事物。要是总能喝到这样的酒该多好。"她的语气极其动人。

他们现在都感觉好一点了。他们又坐了一会儿，终于起身离开。酒吧里依然人声嘈杂。

路上，玛莉特盯着车窗外。她累了。他们正在回家。风吹拂着那些暗影般的大树顶端。夜空中有一些明亮的蓝色云块，仿佛还沐浴着白日的光。

"这个夜晚真美，不是吗？"玛莉特说，"美得让人震惊。我说得有错吗？"

"没错，"沃尔特清了清喉咙，"是很美。"

"你注意到了吗？"她问苏珊娜，"你肯定也注意到了。你多大了？我忘了。"

"二十九。"

"二十九。"玛莉特说。她沉默了一会儿。"我们没要孩子，"她说，"你想要孩子吗？"

"哦，有时候吧，我想。我没怎么想过这件事，这是那种你结了婚才会认真考虑的事。"

"你会结婚的。"

"也许吧。"

"可能下一分钟你就会结婚。"玛莉特说。

到家时她已经非常疲倦。他们在客厅里一起坐着，像是刚从一个盛大的派对回来，还不想睡觉。沃尔特在想着将要发生的事：冰箱门打开，里面的灯亮起来。注射器的针头很锋利，不锈钢针尖有一个斜斜的切面，就像一把剃刀。他即将把它扎进她的静脉。他尽量不去一直想这件事。他勉强控制住了。但他越来越紧张。

"我想起我母亲。"玛莉特说，"在她弥留之际，她想告诉我一些事情，在我年少的时候发生的一些事情。雷·马欣和特迪·哈德纳上过床，安妮·赫林也和特迪上过床。她们都是结了婚的女人。特迪·哈德纳没有结婚。他从事广告业，总是在打高尔夫球。我母亲就这么一直往下说,谁和谁睡过觉。那就是她最后想告诉我的事。当然,在那时候,雷·马欣确实是个人物。"

然后,玛莉特说:"我想我得上楼了。"

她站起身。

"我很好,"她告诉她丈夫,"你不必马上过来。晚安,苏珊娜。"

只剩下他们两个人时,苏珊娜说:"我得走了。"

"不,不要。请不要走。留在这儿。"

她摇头。

"我不能。"她说。

"求求你,你得留下。我马上就要上楼去了,我不想下来的时候只有自己一个人。求求你。"

一阵沉默。

"苏珊娜。"

他们坐着,没说话。

"我知道你都想好了。"她说。

"是,当然。"

几分钟后,沃尔特看了看手表,他开口想说句什么,但终究没说。又过了一会儿,他再次查看手表,起身离开房间。

厨房呈 L 形，样式老旧，缺乏规划，有个白釉瓷的水槽，木头橱柜反复漆过。夏天，他们在这里做果酱，那时候，这个城市通往地铁站台的楼梯口那儿，会有人卖一盒盒的草莓，令人难忘的草莓，散发着香水般的芳香。草莓酱还有几罐。他走过去拉开冰箱门。

它就在那儿，一边有小小的蚀刻线。一共十毫升。他想要找个办法阻止事情发生。如果他把注射器掉到地上，打碎了，就说他的手一直在抖……

他把那个小碟拿出来，在上面盖了一条洗碗巾。但这样看起来更可怕。他把它放下，拿出注射器，用不同的方式拿着它——到最后，简直要把它藏进他的腿里了。他觉得自己就像纸片一样轻飘，无力。

玛莉特已经准备好了。她化了眼妆，穿着一件象牙色的缎面睡衣，背部开得很低。她会穿着这件睡衣到另一个世界去。她努力让自己相信存在着死后的世界。乘着一条船过去，就像古人相信的那样。一条银项链在她的锁骨上环绕几圈。她非常疲倦。酒起了作用，但她并不平静。

在门口，沃尔特站住了，仿佛在等待许可。她看着他，什么也没说。他手里拿着那东西，她看见了。她的心紧张得蹿了一下，但她决心不流露出来。

"哦，亲爱的。"她说。

他想要回应。她刚涂了口红，他看出来了。她的唇色很暗。床上有一些照片，是她刚摆在身边的。

"进来吧。"

"不，我待会儿再来。"他终于开口。

他匆忙下楼。他会失败的，他必须得喝点酒。客厅里没有人。苏珊娜走了。他从未有过这种彻骨的孤独。他走到厨房，往杯子里倒了些伏特加，无味、透明，迅速地喝了下去。他慢慢地走回楼上，挨着妻子坐到床边。伏特加让他有了醉意，他感觉他不像自己。

"沃尔特。"她说。

"什么？"

"这么做是对的。"

她伸出手握住他的。这突然让他觉得害怕，仿佛这是一个陪她一起走的邀请。

"你知道，"她平静地说，"我这一生从未像爱你一样爱过任何人——我这么说听起来太伤感,我知道。"

"啊,玛莉特。"他哭了。

"你爱我吗?"

他的胃绝望得抽痛。

"是的,"他说,"是的!"

"好好照顾自己。"

"好。"

他的健康状况良好,只是比过去发胖一点,然而……他那圆圆的、学者般的腹部覆盖着一层软软的黑毛,他的手和指甲都保养得很好。

她倾身过去拥抱他。她亲吻他。有一会儿,她不害怕了。她将会再一次活过来,再次像她过去那般年轻。她伸出手臂。在手臂内侧,两条铜绿色的静脉血管清晰可见。他开始按压血管,使它们鼓胀起来。她的头已经转向另一边。

"你还记得吗?"她问他,"我在 Bates 上班时我们第一次见面?我当时就知道了。"

他试图把针头对准正确的位置,但它摇晃不定。

"我很幸运,"她说,"非常幸运。"

他几乎没有呼吸。他等着,但她再也没有说什么。他把针头扎进去,几乎不相信自己在做什么——完全不费劲儿——然后慢慢把针管里的东西推进去。他听见她叹息一声。她躺下去,闭上了眼睛。她的面容平静。她已经启程了。上帝,他想,上帝啊。他认识她的时候她才二十多岁,双腿修长、那么天真。现在他松开了她,让她沉入流逝的时光之中,像一次海葬。她的手还是暖的。他拿起它,贴放在自己的嘴唇上。他拉起床单盖住她的腿。房子里出奇地安静。它完全陷入沉默之中,致命时刻的那种沉默。他甚至听不到风声。

他慢慢走下楼。一种解脱的感觉朝他袭来,巨大的解脱,还有悲伤。外面,夜空飘满奇异的蓝色云朵。他站了一会儿,然后看见苏珊娜坐在她的车里,一动不动。他走近时,她摇下了车窗。

"你没走。"他说。

"我没法待在里面。"

"结束了。"他说,"进来吧。我去拿点酒。"

在厨房里,她站在他身边,抱着双臂,每只手都托着另一只手臂的肘部。

"并不可怕,"他说,"我只是觉得……我不知道。"

他们就站在那儿喝酒。

"她真的想让我来吗?"苏珊娜说。

"亲爱的,是她建议你来的。她什么都不知道。"

"我很怀疑。"

"相信我。什么都不知道。"

她放下她的酒。

"不,把它喝完。"他说,"会有用的。"

"我觉得很可笑。"

"可笑?不难受?"

"我不知道。"

"别难受。到这边,跟我来。等一下,我给你倒点水。"

她努力地想要使呼吸平缓下来。

"你最好躺一会儿。"他说。

"不。我没事儿。"

"来吧。"

他领着她,穿着短裙和衬衫的她,走进前门一侧的一个房间里,让她在床上坐下来。她在缓慢地呼吸。

"苏珊娜。"

"嗯。"

"我需要你。"

她模模糊糊地听到了他的话。她的头猛地往后一仰，像个渴求上帝的信女。

"我不应该喝那么多酒。"她喃喃地说。

他开始解她衬衣上的纽扣。

"不要。"她说着，试图把扣子重新扣上。

他正在解她的乳罩。她丰美的双乳露了出来。他的视线再也无法从那上面挪开。他开始狂热地亲吻它们。他拉下白色床单时，她感到她的身体移到了床边。她还想张口说什么，但他用手捂住她的嘴，把她推倒了。他如饥似渴地要她，结束时害怕似的浑身战栗着把她紧紧搂在怀里。然后，他们坠入酣眠。

清晨，光线清澈、明亮。路边那栋房子看起来更白了。在这一片房子里，它显得格外出众，更为纯净、安谧。旁边那棵大榆树的影子绘在它身上，像是铅笔勾画的一般精细。垂挂的浅色窗帘纹丝不动。屋里没有动静。

房后是宽阔的草坪,他第一次看到苏珊娜那天,她正在草坪上闲散地散步以便考察花园的状况,身材高挑、曲线优美。尽管其余的事后来才发生,在她来和玛莉特一起做花园改造之后,但这一幕始终无法从他心里抹去。

他们坐在桌旁喝咖啡。他们是同谋,刚起床不久,没什么亲密举动。但沃尔特在暗自欣赏她。不化妆的她看起来更迷人。她的长发还没有梳理。她看起来那么惹人亲近。他知道有几个电话要打,但他现在不想考虑这些事。时间还很早。他在想过去的这一天。还有接下来的那些早晨。他起初几乎没有听见背后传来的声音。是脚步声,接着,慢慢地,是另一声,苏珊娜的脸变得煞白,玛莉特脚步不稳地走下楼梯。她脸上的妆花了,深色的口红也露出干纹。他盯着她,不敢相信自己的眼睛。

"有什么地方搞错了。"她说。

"你还好吗?"他愚蠢地问。

"不好,你肯定搞错了什么。"

"啊,上帝。"沃尔特咕哝了一声。

她虚弱地在楼梯最下面一阶坐下来。她似乎没有注意到苏珊娜。

"我以为你能帮我。"她说,哭了起来。

"我不明白。"他说。

"全都弄错了。"玛莉特重复道。然后,她转向苏珊娜:"你还在这儿?"

"我这就走。"苏珊娜说。

"我不明白。"沃尔特又说了一遍。

"我得全部重来一次。"玛莉特啜泣着说。

"对不起,"他说,"实在对不起。"

他想不出还能说些什么。苏珊娜已经去拿她的衣服,然后从前门离开了。

她和沃尔特就是这么分开的,在被他妻子发现之后。后来,在他的坚持下,他们又见了两三次面,但都没有用。那种曾使他们结合的东西消失了。她告诉他她没法继续下去了。生活一向如此。

LAST NIGHT
By James Salter
Copyright © James Salter 2005
All rights reserved.

著作权合同登记图字：30-2021-048

图书在版编目（CIP）数据

昨夜 /（美）詹姆斯·索特（James Salter）著；张惠雯译. -- 海口：海南出版社，2021.12
书名原文：Last Night
ISBN 978-7-5730-0155-9

Ⅰ.①昨… Ⅱ.①詹… ②张… Ⅲ.①短篇小说-小说集-美国-现代 Ⅳ.① I712.45

中国版本图书馆 CIP 数据核字 (2021) 第 184002 号

昨夜
ZUOYE

作　　者	［美］詹姆斯·索特
译　　者	张惠雯
策划编辑	雷　韵
责任编辑	刘　逸
特约编辑	余传炫　冯　婧
封面设计	陆智昌
内文制作	陈基胜

海南出版社 出版发行

地　　址	海口市金盘开发区建设三横路2号
邮　　编	570216
电　　话	0898-66822134
印　　刷	山东新华印务有限公司
版　　次	2021 年 12 月第 1 版
印　　次	2021 年 12 月第 1 次印刷
开　　本	787mm × 1092mm　1/32
印　　张	5.875
字　　数	86千字
书　　号	ISBN 978-7-5730-0155-9
定　　价	48.00元

如发现印装质量问题，影响阅读，请与发行部门联系：010-64284815。